EDIÇÕES BESTBOLSO

O último magnata

F. Scott Fitzgerald (1896-1940) nasceu nos Estados Unidos. O escritor ingressou na Universidade de Princeton, mas interrompeu os estudos para se alistar como voluntário durante a Primeira Guerra Mundial. Em 1920, iniciou sua carreira literária com a publicação de *Este lado do paraíso*, romance que lhe abriu espaço em periódicos de grande prestígio. No mesmo ano, casou-se com Zelda Sayre, que teve grande influência na sua obra, embora tivessem uma relação bastante conturbada.

F. SCOTT FITZGERALD

O último magnata

Tradução de
ROBERTO PONTUAL

RIO DE JANEIRO – 2011

CIP-BRASIL. CATALOGAÇÃO-NA-FONTE
SINDICATO NACIONAL DOS EDITORES DE LIVROS, RJ

F581u
Fitzgerald, F. Scott (Francis Scott), 1896-1940
 O último magnata / F. Scott Fitzgerald; tradução de Roberto Pontual. –
Rio de Janeiro: BestBolso, 2011.
 12x18 cm

 Tradução de: The Last Tycoon
 ISBN 978-85-7799-299-7

 1. Indústria cinematográfica – Ficção. 2. Hollywood (Califórnia,
Estados Unidos) – Ficção. 3. Romance norte-americano. I. Pontual,
Roberto, 1939-1994. II. Título.

11-4182
CDD: 813
CDU: 821.111(73)-3

O último magnata, de autoria de F. Scott Fitzgerald.
Título número 258 das Edições BestBolso.
Primeira edição impressa em agosto de 2011.
Texto revisado conforme o Acordo Ortográfico da Língua Portuguesa.

Título original norte-americano:
THE LAST TYCOON

Copyright da tradução © by Distribuidora Record de Serviços de Imprensa S.A.
Direitos de reprodução da tradução cedidos para Edições BestBolso, um selo da
Editora Best Seller Ltda. Distribuidora Record de Serviços de Imprensa S.A. e
Editora Best Seller Ltda. são empresas do Grupo Editorial Record.

www.edicoesbestbolso.com.br

Design de capa: Carolina Vaz sobre foto de Fox Photos (Getty Images).

Todos os direitos desta edição reservados a Edições BestBolso um selo da
Editora Best Seller Ltda. Rua Argentina 171 – 20921-380 – Rio de Janeiro, RJ –
Tel.: 2585-2000

Impresso no Brasil

ISBN 978-85-7799-299-7

Prefácio

Vítima de um ataque cardíaco, F. Scott Fitzgerald morreu em 21 de dezembro de 1940, um dia após ter escrito o primeiro episódio do sexto capítulo deste romance. O texto que se lerá ainda é um esboço, apesar das inúmeras revisões feitas pelo autor, e não pode, portanto, ser considerado a versão final. Fitzgerald escrevera diversos comentários nas margens de quase todos os episódios – alguns dos quais incluídos nas notas –, mostrando-se insatisfeito com alguns e decidido a refazer outros. Sua intenção era a de alcançar o despojamento e o cuidado artesanal de *O grande Gatsby*: tentamos atingir o máximo de fidelidade em relação a seus propósitos, realizando cortes ou dando maior colorido onde havia indicações para isso. Fitzgerald pretendia que o romance viesse a ter cerca de sessenta mil palavras, mas na época de sua morte já havia atingido setenta mil e não escrevera mais do que a metade da narrativa. Mesmo sabendo-se de sua intenção, ao início da obra, de cortar umas dez mil palavras, é quase certo que ultrapassaria o número planejado. O próprio assunto escolhido – um retrato dos bastidores de Hollywood – era bem mais complexo do que o de *O grande Gatsby,* que pintava a vida boêmia de Long Island; e os personagens exigiam um desenvolvimento maior que os do outro romance.

Este esboço de *O último magnata,* portanto, representa o momento exato na vida do autor em que ele conseguiu reunir e organizar seu material, adquirindo o domínio de suas ferramentas, sem, entretanto, ter podido lhes dar contornos finais. É extraordinário que, apesar de incompleta, a narrativa apresente tamanho vigor e que a personalidade de Stahr apareça com tanto realismo e intensidade. Esse produtor de Hollywood, com sua miséria e grandeza, é um dos personagens mais elaborados de Fitzgerald, o que ele compreendeu mais profundamente. As notas a respeito de sua personalidade mostram que, há três anos ou mais, o autor o vinha criando, abordando suas idiossincrasias e traçando o emaranhado de suas relações com os diversos departamentos de seu negócio. Amory Blaine e Antony Patch são românticas projeções do escritor; Gatsby e Dick Diver, apesar de concebidos de forma objetiva, não foram suficientemente explorados. Monroe Stahr é uma criação interiorizada, ao mesmo tempo criticada por uma inteligência já segura de si e capaz de situá-lo dentro de uma trama gigantesca.

O último magnata, em que pese seu estado imperfeito, é o trabalho mais maduro de Fitzgerald, distanciando-se de seus outros romances pela opção em deslindar uma profissão e um ramo de negócios. Suas outras obras preocupavam-se com debutantes e universitários, com a vida desregrada dos irresponsáveis da década de 1920; o que eles faziam, sua maneira de viver, suas grandes festas, tudo parece apresentá-los em pedaços. Em *O último magnata*, no entanto, as festas são incidentais e sem importância. Monroe Stahr, ao contrário de qualquer outro personagem de Fitzgerald, está indissoluvelmente envolvido numa indústria da qual foi um dos criadores e cujo destino será modificado com sua tragédia. Neste livro, a indústria cinematográfica norte-americana é observada muito de perto, estudada com atenção e dramatizada sob aspectos nunca vistos em qualquer outro romance que trate do assunto. *O último magnata* é o melhor romance escrito sobre Hollywood e o único a nos levar a seu interior.

Graças a um rascunho de Fitzgerald foi possível completar este esboço da maneira pretendida pelo autor, usando-se, ainda, personagens e acontecimentos delineados em suas notas.

Edmund Wilson
1941

1

Embora nunca tenha aparecido em um filme, sempre vivi no mundo do cinema. Rodolfo Valentino esteve no meu quinto aniversário – pelo menos foi o que me contaram. Digo isso para mostrar que, mesmo antes de me entender como gente, eu já estava na posição de observar como funcionam as engrenagens da vida.

Certa vez quase escrevi minhas memórias, *A filha do produtor*, mas aos 18 anos a gente não consegue levar a cabo uma coisa dessas. Não faz mal: seriam chatas como uma velha coluna de Lolly Parsons. Pouco me incomodava se para meu pai o cinema fosse um negócio como uma fazenda de algodão ou uma indústria siderúrgica. Eu aceitava Hollywood com a resignação de um fantasma designado para uma casa assombrada. O que os outros pensassem não me aterrorizava.

Dizer isso é fácil, difícil é fazer com que os outros compreendam. Quando estudei em Bennington, alguns professores ingleses fingiam indiferença em relação a Hollywood ou ao que ela produzia: na verdade, a odiavam. Odiavam-na como algo que ameaçasse suas vidas. Antes disso, quando estive num convento, uma freira muito simpática pediu-me o roteiro de um filme para "ensinar a seus alunos o que era um texto cinematográfico", como fizera com o ensaio e o conto. Consegui-lhe um, esperei que ela o estudasse, mas o assunto nunca chegou à sala de aula. Um dia, ela o devolveu com ar de ofendida surpresa e sem um único comentário. É o que espero que aconteça com o que vou contar.

Hollywood a gente aceita, como eu fiz, ou deixa de lado como se faz com as coisas que não compreende. Pode-se entendê-la, também, mas sob aspectos vagos e independentes. Uns poucos homens têm na cabeça a equação completa de um filme, e talvez o mais perto que uma mulher possa chegar disso é compreender um desses homens.

Eu conhecia o mundo de um avião. Era como papai nos mandava levar e buscar na escola. Depois que minha irmã morreu, fiz essas viagens sozinha, para lá e para cá, sempre pensando nela, e tornei-me uma criança meio solene e contida. Era comum haver no avião gente de cinema que eu conhecia. Vez ou outra, algum universitário bonito, o que tornou-se mais raro durante os anos da Depressão. Acabava dormindo durante essas viagens, quando não ficava pensando em Eleanor ou no recorte pontiagudo das montanhas – pelo menos durante o tempo que permanecíamos naqueles aeroportos mirrados e solitários do Tennessee.

Eram viagens tão cansativas que os passageiros acabavam por se dividir entre os que adormeciam imediatamente e os que insistiam em conversar, como os dois à minha direita. Pelo pouco que pude ouvir, eram ambos de Hollywood: um porque parecia gente de lá, judeu de meia-idade que falava nervosamente ou se encolhia em um silêncio angustiante, pronto para dar um bote; o outro devia ter uns 30 anos, pálido, modesto e atarracado, a quem eu certamente já vira em algum lugar, provavelmente na casa de alguém, mas como isso talvez houvesse ocorrido quando eu ainda era uma menina, não me incomodei que não me reconhecesse.

A aeromoça – morena, alta e bonita, da qual eles não tiravam os olhos – veio fazer minha cama.

– Quer uma aspirina, meu bem? – perguntou-me, tentando se equilibrar na cabeceira da poltrona enquanto o avião era sacudido por uma tempestade de verão. – Ou um nembutal?

– Não.

– Estive tão ocupada com os outros que nem tive tempo de atendê-la.

Sentou-se a meu lado, afivelando nossos cintos de segurança.

– Quer um chiclete?

Só então lembrei-me de jogar fora o chiclete que mascava aborrecidamente havia horas. Enrolei-o num pedaço de revista e coloquei-o no cinzeiro.

– Se uma pessoa enrola o chiclete num papel antes de jogá-lo fora, posso ter certeza de que ela é legal – disse a aeromoça, com ar de aprovação.

Continuamos sentadas, o avião balançando um pouco. A penumbra lembrava um desses restaurantes suntuosos no intervalo entre as refeições. Uma sonolência involuntária invadia-nos e tenho a impressão de que até a aeromoça cochilava de vez em quando.

Falamos de uma atriz muito jovem que eu conhecia e com quem ela viajara havia dois anos. Foi na pior época da Depressão e ela ficara o tempo todo olhando pela janela, como se contemplasse uma queda. Pelo que disse à aeromoça, não temia a pobreza, mas a revolução.

"Sabe o que eu e minha mãe vamos fazer?", confidenciara ela à comissária. "Vamos viver de maneira modesta no parque de Yellowstone até que tudo se acalme: aí, então, a gente volta. Eles não matam artistas, sabia?"

A ideia me divertiu. Fiquei imaginando um filmezinho em que ela e sua mãe fossem alimentadas por bondosos ursos conservadores que lhes traziam mel e por corsas gentis que, após lhes fornecerem leite, à noite lhes servissem de travesseiro.

Aí resolvi contar à aeromoça os planos que um advogado e um diretor tinham confessado a papai naquela época. O advogado mantinha um barco escondido no rio Sacramento.

Se os subversivos conquistassem Washington, ele ficaria vagando pelo rio durante uns meses e depois retornaria, "porque uma revolução sempre necessita de advogados para fortalecer seu sistema legal". Já o diretor era mais pessimista. Estava com um terno, camisa e sapatos velhos à sua espera (não explicou se eram seus ou do departamento de vestuário) e desapareceria na multidão. Lembro-me de que papai lhe disse: "Olhe só para suas mãos! Eles verão que você não faz trabalhos manuais há muito tempo. E vão pedir sua carteira do sindicato." Pareceu-me que o diretor murchara, comendo tragicamente a sobremesa. Recordo-me de como me pareceram ridículos e frágeis.

– Seu pai é ator, Srta. Brady? – ela me perguntou. – Tenho certeza de que já ouvi esse sobrenome.

Ao ouvir o sobrenome "Brady" os dois homens à direita me olharam. De esguelha, como é comum em Hollywood, um olhar que parece sempre lançado por cima de um dos ombros. O mais novo, então, o tal pálido e atarracado, desafivelou o cinto de segurança, levantou-se e ficou de pé ao nosso lado.

– Você é Cecilia *Brady*? – perguntou acusadoramente, como se eu tivesse ocultado essa informação dele. – Bem que *achei* que fosse você. Sou Wylie White.

Na mesma hora, outra voz disse: "Cuidado aí, Wylie!", e um homem esbarrou nele, dirigindo-se para a cabine do piloto. Wylie White esboçou um protesto e respondeu, quando o outro já se afastava:

– Eu só recebo ordens do piloto.

Reconheci o tipo de brincadeira muito comum entre os poderosos de Hollywood e seus satélites.

A aeromoça censurou-o:

– Fale mais baixo, por favor. Alguns passageiros estão dormindo.

Foi quando vi que o outro – o judeu de meia-idade – também estava de pé, observando com indisfarçada cobiça o homem que se afastava. Mais propriamente as costas dele, que fez um gesto, como a dizer adeus.

– É o copiloto? – perguntei à aeromoça.

Ela estava afrouxando nosso cinto, prestes a me abandonar com Wylie White.

– Não, aquele é o Sr. Smith. Tem um compartimento particular, a cabine matrimonial, mas está sozinho. O copiloto usa uniforme. – Ela se levantou e disse: – Vou ver se seremos obrigados a aterrissar em Nashville.

Wylie White ficou aterrorizado.

– Por quê?

– Há uma tempestade perto do vale do Mississippi.

– Quer dizer que vamos ficar aqui a noite *inteira*?

– Se continuar assim...

Uma diminuição brusca de altura mostrou que continuaria. O movimento brusco empurrou Wylie White para a cadeira à minha frente, jogou a aeromoça na direção da cabine do piloto e arremessou o judeu em seu assento. As apresentações começaram.

– Srta. Brady, este é o Sr. Schwartz – disse Wylie White. – Também é grande amigo de seu pai.

O Sr. Schwartz balançou a cabeça com tanta veemência que quase pude ouvi-lo dizer: "É verdade. Juro por Deus que é verdade!"

Ele poderia ter dito isso em alto e bom som em outra época de sua vida – era, entretanto, alguém modificado por algum acontecimento. Conhecê-lo era como encontrar um amigo que tivesse sofrido um desastre ou entrado numa briga feia da qual tivesse saído seriamente ferido. A gente olha para o amigo e diz: "O que aconteceu com você?" A resposta dele, por causa dos dentes quebrados e dos lábios partidos, vem ininteligível. Nem consegue contar como foi.

O Sr. Schwartz não tinha cicatrizes. Seu nariz persa e suas olheiras oblíquas eram naturais, como o nariz avermelhado que meu pai herdara de seus antepassados irlandeses.

– Nashville! – exclamou Wylie White. – Isto significa que seremos obrigados a dormir num hotel. Só chegaremos amanhã à noite no litoral, e olhe lá. Deus do céu, eu nasci em Nashville!

– Então devia estar contente em revê-la.

– Que nada. Mantive-me longe por 15 anos e *nunca mais* quero ver aquilo.

Querendo ou não, ele a reveria: o avião descia, descia, descia como Alice na toca do coelho. Fiz uma viseira com as mãos e, da janela, vislumbrei as luzinhas da cidade, lá longe à esquerda. O anúncio verde "Apertem os cintos – Proibido fumar" estava aceso desde o início da tempestade.

– Ouviu o que ele disse? – perguntou Schwartz, após um de seus silêncios angustiantes.

– Ouviu o quê? – Wylie interrogou.

– O nome que ele adotou – respondeu Schwartz. – *Sr. Smith!*

– E o que tem isso? – insistiu Wylie.

– Bem, não tem nada – respondeu Schwartz, com pressa. – Achei curioso escolher logo Smith. Smith! – disse, rindo. Eu jamais tinha ouvido uma risada tão infeliz.

Tenho a impressão de que não há nada mais sombrio, solitário e silencioso que os aeroportos, desde os dias das paradas de diligência. Estas eram estações isoladas, antigas construções de tijolos vermelhos e único ponto de referência de lugarejos onde só desembarcavam os que lá moravam. Os aeroportos nos levam ao passado: parecem oásis ou paradas de rotas comerciais da Idade Média. Sempre há uma pequena multidão se despedindo a qualquer hora da madrugada. Os mais jovens reparam nos aviões, os mais velhos olham para os passageiros cheios de incredulidade medrosa. Descendo das nuvens no interior dos Estados Unidos, saltando de um avião intercontinental, éramos os ricaços que moravam à beira-mar, protagonistas de uma grande aventura, disfarçados de estrela de cinema. O que não era verdade. Eu torcia para que nos achassem mais interessantes do que éramos, como fazia durante as estreias de filmes, quando os fãs nos olhavam com aquele desprezo reprovador por não sermos estrelas.

Wylie e eu ficamos amigos a partir do momento em que ele me ajudou a descer do avião: tornou-se meu guia e não me incomodei com isso. Desde que entramos no aeroporto ficou claro que, se estávamos encalhados ali, pelo menos estávamos encalhados juntos. (Não ia ser como quando perdi meu namorado. Numa fazendola perto de Bennington, na Nova Inglaterra, ele e uma garota chamada Reina ficavam tocando piano; ela com as mãos sobre as dele, mostrando como tocar "Cheek to Cheek" ou "Top Hat". Até descobrir que ele não queria mais nada comigo. Na época, eu era novata no assunto.)

Quando nos dirigimos para o aeroporto, o Sr. Schwartz nos acompanhou. Parecia estar sonhando: o tempo todo que ficamos no balcão, tentando conseguir mais informações, permaneceu olhando para a porta que levava à pista de decolagem, como se temesse que o avião fosse embora sem ele. Pedi licença para sair um instante e, quando voltei, senti que alguma coisa devia ter acontecido, porque ele e White estavam muito perto um do outro. White falando e ele com os olhos arregalados, como se tivesse sido atropelado por um caminhão. Já não olhava mais para a porta. Ainda pude ouvir o final da conversa de Wylie White:

– Eu avisei para você ficar quieto. Isso foi bom para aprender.

– Mas eu só disse...

Interromperam a conversa com minha chegada. Perguntei-lhes se havia alguma novidade. Eram mais de 2h30 da madrugada.

– Só uma – disse Wylie White. – Antes das 5 horas a gente não vai poder levantar voo. Os mais comodistas já foram procurar hotel; eu estava com vontade de levá-la à casa onde viveu Andrew Jackson.

– Como vai ser possível ver qualquer coisa nesse escuro? – perguntou Schwartz.

– Ora, em duas horas o sol já terá nascido.

– Vão vocês dois – respondeu Schwartz.

– Está bem. Então tome o ônibus para o hotel, que ainda está esperando. Ainda está lá. – A voz de Wylie tornou-se então meio sarcástica. – Talvez seja melhor assim.

– Não – disse Schwartz de repente –, vou com vocês.

Ao tomarmos o táxi, no jardim escuro em frente ao aeroporto, ele pareceu animar-se. Deu uma palmadinha no meu joelho.

– Achei melhor vir com vocês – disse – para servir de guia. Tinha uma filha na época em que era rico. Uma filha muito bonita.

Falava como se a tivesse vendido para pagar dívidas.

– Um dia você terá outra – Wylie encorajou-o. – Terá tudo outra vez. Dê tempo ao tempo e você acabará importante como o pai de Cecilia. Não é mesmo, Cecilia?

– Onde fica a tal casa? – interrompeu Schwartz. – Depois do fim do mundo? Será que a gente não vai perder o avião?

– Sossegue aí – disse Wylie. – Devíamos ter trazido a aeromoça para fazer-lhe companhia. Você não gostou dela? Achei-a bem boazinha.

Durante longo tempo o carro passou por campos suavemente ondulados, numa estradinha com uma árvore aqui, um barraco ali, até entrarmos por um caminho que serpenteava por dentro de um bosque. Até na escuridão podia-se sentir o verde das árvores, tão diferente dos olivais poeirentos da Califórnia. Passamos por um negro conduzindo vacas, que mugiam enquanto ele as afastava: vacas de verdade, com flancos macios, mornos e cheirosos. Wylie deu-lhe uma gorjeta e fiquei observando-o desaparecer, com seus imensos olhos castanhos, fundindo-se à escuridão. O negro agradeceu. De longe, ainda ouvi as vacas mugirem novamente.

Lembrei-me da primeira vez que vi um carneiro. Na verdade, eram montes deles. Ao entrarmos nos fundos do velho estúdio Laemmle demos de cara com os bichinhos, tristes por estarem participando de um filme. O sujeito que estava conosco no carro continuava dizendo:

– Então?
– Era isso que você queria, Dick?
– E então? – O tal Dick estava em pé no conversível, com um ar de Cortez ou Balboa, extasiado com aquelas ondulações lanosas. Se cheguei a ver o filme em que eles apareciam, faz muito que me esqueci.

Estávamos viajando havia uma hora. Passamos por uma ponte velha de ferro, apoiada sobre estacas. Em frente a cada fazenda havia, agora, galos cantando, e uma sombra verde-azulada se espraiava em tudo.

– Não disse que ia amanhecer logo? – Wylie falou. – Nasci perto daqui, filho de uns pobres sulistas arruinados. Nossa casa agora é um depósito. Tínhamos quatro empregados: meu pai, minha mãe e minhas duas irmãs. Como não queria viver como eles, fui para Memphis tentar a sorte. Que agora terminou definitivamente. – Passou o braço em torno de mim: – Cecilia, você não quer casar comigo para que eu fique com a fortuna dos Brady?

Devia estar muito cansada, pois deixei minha cabeça encostada em seu ombro.

– Você faz o quê, Cecilia? Estuda?
– Estudo em Bennington. Estou no primeiro ano.
– Ah, desculpe, eu já devia saber. Não frequentei a faculdade. Mas os calouros, segundo li no *Esquire*, não têm o que aprender.

– Não sei por que todo mundo acha que nós...
– Não precisa se desculpar; afinal, cultura significa poder.
– Isto está parecendo conversa de viagem – protestei. – Os tempos mudam.

Fingiu-se escandalizado:

– E o que quer dizer com isso? Que estou me intrometendo na sua vida?

– Exatamente. Agora, me solte.

– Não posso, senão acordo Schwartz. Acho que ele não dorme há mais de uma semana. Olhe, Cecilia: uma vez tive um caso com a mulher de um produtor, que durou muito pouco tempo. Quando acabou, ela me disse, em termos bem claros, que me mandaria expulsar de Hollywood a pontapés se alguém viesse a saber de alguma coisa. "Você é ninguém, perto do meu marido", disse ela.

Ele voltava a me parecer simpático. O táxi agora corria por uma alameda perfumada de madressilvas e narcisos. Parou em frente a uma construção que devia ser a casa de Andrew Jackson: o motorista virou-se para nos dizer algo, Wylie fez-lhe sinal que se calasse e apontou para Schwartz. Saltamos.

– A essa hora não podem entrar – disse o motorista, educadamente.

Ficamos sentados nas escadas.

– Esse Sr. Schwartz – perguntei –, quem é?

– Um infeliz qualquer que chegou a ser o chefão da Paramount, da First National ou da United Artists, sei lá. Hoje está por baixo, mas voltará. Ninguém desiste do cinema, só se for bêbado ou viciado.

– Você não gosta de Hollywood – sugeri.

– Gosto, sim. Claro que gosto. Mas essa não é a conversa ideal para quem está sentado na escadaria da casa de Andrew Jackson, vendo o sol nascer.

– Eu *gosto* de Hollywood – insisti.

– Está bem. É uma cidade de ouro numa terra de lótus. Quem disse isso? Eu mesmo. É um ótimo lugar para sabichões e não para quem saiu de Savannah, na Georgia. Logo no primeiro dia fui a uma festa ao ar livre; o anfitrião cumprimentou-me e me deixou sozinho. Tudo o que imaginara estava ali: a piscina, o gramado verde, as mulheres bebendo e rindo – e ninguém falava comigo. Ninguém. Puxei conversa com várias pessoas e nenhuma delas me respondeu. E foi assim durante uma hora, duas, até que me levantei de onde estava sentado e saí dali correndo feito louco. Só quando cheguei ao hotel e o balconista me entregou uma carta com meu nome no envelope foi que senti que existia, que possuía uma identidade.

Naturalmente, eu nunca tivera uma experiência dessas. Entretanto, lembrando-me das festas a que fui, vi que isso era bem possível. Em Hollywood, não aceitamos estranhos, a menos que já sejam celebridades. E, assim mesmo, olhe lá.

– Você não devia ter ligado para isso – falei com arrogância.
– Não é uma ofensa a *você* quando as pessoas são rudes, mas aos que conheceram antes.
– Uma garota tão bonita dizendo coisas tão inteligentes...

O dia já clareava quase tudo e Wylie podia ver-me perfeitamente: magra, bem-feita de corpo, elegante e perspicaz. Quisera saber minha aparência naquele fim de madrugada, cinco anos passados. Provavelmente estava amarrotada e pálida; mas, naquela idade, quando a gente acha que toda aventura é benéfica, bastavam-me um banho e uma troca de roupas para que eu ficasse novinha em folha.

Senti que Wylie me olhava com admiração, o que muito me agradou – e, de repente, não estávamos mais a sós. O Sr. Schwartz, com ar de quem pedia desculpas, invadiu a encantadora cena.

– Dormi feito uma pedra – disse, esfregando o canto do olho.

Wylie levantou-se de um salto:

– Chegou na hora, Sr. Schwartz. A visita já vai começar. Eis a casa de Old Hyckory, décimo presidente norte-americano, conquistador de Nova Orleans, rival do National Bank e inventor dos sistemas de exploração.

Schwartz me olhava como se estivesse diante de um júri.

– Temos aqui um roteirista – disse. – Um homem que sabe tudo e, ao mesmo tempo, não sabe nada.

– O que foi que disse? – perguntou Wylie, indignado.

Minha primeira impressão tinha sido a de que era um escritor. Eles me atraem – sempre têm uma resposta para o que quer que se lhes pergunte –, mas eu os subestimo. Não são gente. Ou então são um monte de pessoas tentando ser uma única. São como os atores, tentando pateticamente não se olhar nos espelhos e incapazes de resistir a uma olhadela furtiva em seus reflexos nos candelabros.

– Ser escritor não é isso, Cecilia? – indagou Schwartz. – Não tenho palavras para descrevê-los. Mas sei que é verdade.

– Já ouvi isso uma vez. – Wylie me olhava com tranquila indignação. – Deixe que eu lhe conte uma coisa. Manny, tenho muito mais espírito prático do que você. Quem ficou, durante horas, ouvindo um místico falar das ideias que lhe tinham ocorrido enquanto estava internado num hospício da Califórnia, fui eu. E, no fim das contas, você vem me dizer que ele era objetivo e eu o sonhador. E ainda por cima queria me fazer aceitar as ideias dele.

As rugas do Sr. Schwartz pareciam, subitamente, muito mais pronunciadas. Levantou os olhos para o topo de umas árvores e começou a roer a cutícula de um dedo. Depois, acompanhou o voo de um passarinho que rodeava o telhado da casa. Quando a ave pousou, o olhar do Sr. Schwartz parou com ela:

– Não podemos entrar – disse –, e acho melhor vocês voltarem para o avião.

Não amanhecera totalmente e a casa parecia uma enorme caixa branca, solitária e vazia há séculos. Voltamos para o automóvel. Só quando o Sr. Schwartz bateu a porta após Wylie e eu entrarmos, compreendemos que não viria conosco.

— Não voltarei para o litoral: tomei essa decisão quando acordei. Vou ficar por aqui. Depois o motorista pode vir me apanhar.

— Vai voltar para o Leste? — Wylie parecia surpreso. — Só porque...

— Já decidi. — O Sr. Schwartz sorriu meio sem graça. — Eu costumava ser mais firme nas decisões. Vocês ficariam admirados. — Tirou um pedaço de papel do bolso, enquanto o motorista esquentava o motor. — Podem entregar este bilhete ao Sr. Smith?

— Quer que volte daqui a umas duas horas? — perguntou-lhe o motorista.

— Sim... claro. Vou ficar me distraindo por aí.

Na volta para o aeroporto, eu não conseguia deixar de pensar nele. Não conseguia ligá-lo à paisagem e àquela hora da manhã. Tinha a impressão de que ele emergira de um gueto para subir num altar cintilante. Manny Schwartz e Andrew Jackson: era difícil imaginá-los juntos. Duvidava que soubesse quem fora Andrew Jackson, mas, vagando pelos jardins da casa, ele devia imaginar que era preciso ter sido um sujeito bom, generoso e compreensivo para que se interessassem em preservá-la. No fim da vida, o homem necessita de um peito em que se aninhar ou de um altar. Precisa, ao ser empurrado para trás, de um lugar onde se apoiar para não perder o equilíbrio ao meter uma bala na cabeça.

Só fomos saber disso vinte horas depois. Chegando ao aeroporto, avisei ao comissário de bordo que o Sr. Schwartz não continuaria a viagem. A tempestade terminara e poderíamos partir dentro de uma hora. Os que tinham ido para o hotel voltavam ainda sonolentos. Sentei-me num banco de ferro e cochilei um pouco. O temor de uma viagem arriscada aos poucos retornou enquanto pensávamos em nosso fracasso anterior. Haviam substituído a aeromoça: era alta, bonita e morena como a outra, mas seu uniforme era de outra cor; passou rápido por nós, carregando uma maleta. Wylie veio sentar-se a meu lado.

– Entregou o bilhete ao Sr. Smith? – perguntei, ainda sonolenta.

– Entreguei.

– Quem é ele? Acho que estragou a viagem do Sr. Schwartz.

– Foi culpa de Schwartz.

– Não vou muito com a cara de gente que interfere na vida dos outros – respondi. – Meu pai vive tentando se meter na vida de todo mundo lá de casa e eu mando que faça isso com o pessoal do estúdio.

Ocorreu-me que talvez estivesse sendo injusta. Palavras são extremamente contra-indicadas de manhã tão cedo.

– Mesmo assim, acho que foi bom ter me obrigado a ir para Bennington.

– Ia ser um desastre – disse Wylie – se o rolo compressor Brady se encontrasse com o rolo compressor Smith.

– Ele é rival de papai?

– Não exatamente. Diria que não. Mas, se fosse, sei em quem investiria meu dinheiro.

– Em meu pai?

– Lamento dizer que não.

Ainda estava muito cedo para que me preocupasse com patriotismo familiar. Ao lado do comissário de bordo, o comandante observava contrafeito o passageiro que, após colocar duas moedas no toca-discos automático, tentava manter-se de pé, encostando-se, alcoolizado, numa poltrona. "Lost" era o título da primeira música que escolhera; em seguida, ouviu-se "Gone", também dogmática e definitiva. O piloto balançou a cabeça enfaticamente e dirigiu-se para o passageiro:

– Desta vez não poderemos levá-lo, meu velho.
– O quê?

O bêbado sentou-se. Apesar de estar com um péssimo aspecto, via-se que era atraente. Tive pena dele, mesmo com seu gosto musical horrível.

– Volte para o hotel e durma um pouco. Hoje à noite haverá outro voo.
– Queria ir agora...
– Agora não vai ser possível, meu velho.

Seu desapontamento foi tal que ele caiu do banco. Nessa hora, a voz do alto-falante elevou-se por cima do toca-discos, avisando-nos, as pessoas respeitáveis, que nos dirigíssemos para o avião.

Lá dentro corri para Monroe Stahr, abraçando-o. Era o tipo de homem sobre o qual qualquer garota se lança, com ou sem encorajamento. Eu não recebia nenhum, mas ele gostava de mim e sentou-se à minha frente até que o avião decolasse.

– Vamos pedir nosso dinheiro de volta? – sugeriu. Seus olhos, pousando em mim, deixaram-me curiosa para saber que aspecto teriam se ele estivesse apaixonado. Eram bondosos e distantes, embora dessem a impressão de estarem discutindo gentilmente, um pouco superiores. Não era culpa deles se haviam visto tanto.

Monroe Stahr entrava e saía do papel de sujeitinho convencional com espantosa habilidade; não obstante, eu sabia que ele era só isso, ainda que se calasse, soubesse ouvir ou se retirar nas horas certas. De onde estávamos sentados (embora não fosse alto, sempre parecia estar olhando de cima), ele observava seu mundo como um pastor indiferente à noite ou ao dia. Nascera sem sono, sem vontade ou talento para dormir.

Ficamos sentados em um silêncio confortável. Conhecia-o havia uns 12 anos, desde que se tornara sócio de meu pai; eu tinha 7 anos e Stahr, 22. Pensei em apresentar-lhe Wylie, sentado do lado oposto, mas Stahr parecia tão distante, girando o anel no dedo, que me senti infantil e invisível, não me atrevendo a fazê-lo. Não conseguia tirar os olhos dele nem olhá-lo diretamente, a não ser quando tinha alguma coisa importante a dizer-lhe. Sabia que o mesmo acontecia com outras pessoas.

– Eu lhe *darei* este anel, Cecilia.
– Desculpe. Não reparei que estava...
– Tenho mais uns seis iguaizinhos.

Estendeu o anel para mim: era todo de ouro com um S em alto-relevo na parte de cima. Era incrível o contraste entre seu tronco e seus dedos, esbeltos e delicados como o resto do corpo, delgados como seu rosto, de sobrancelhas arqueadas e cabelo ondulado. Certas horas parecia ascético e, no entanto, era um combativo. Uma pessoa que o conhecera quando rapaz disse que ele fizera parte de uma turma de malandros no Bronx e que era seu chefe, mesmo tendo sido um garoto frágil.

Fechou minha mão sobre o anel, levantou-se e dirigiu-se para Wylie:

– Vamos para minha cabine – disse. – Até já, Cecilia.

Ainda pude ouvir Wylie perguntar-lhe se tinha lido o bilhete de Schwartz.

– Ainda não.

Devo ser meio burra, pois só então descobri que Stahr e o Sr. Smith eram a mesma pessoa.

Mais tarde Wylie contou-me o que Schwartz escrevera. Era um bilhete quase ilegível por ter sido escrito na escuridão do táxi.

> Meu caro Monroe, você é o melhor entre todos, eu sempre o admirei em silêncio e, quando você ficou contra mim, vi que não tinha escapatória! Acho que não presto mesmo e não vou continuar a viagem, mas continuo lhe dizendo para tomar cuidado! Eu sei.
>
> Seu amigo,
> Manny

Stahr leu-o duas vezes, roçando a mão pela barba que começava a crescer.

– Os nervos acabaram com ele – comentou. – Não se pode fazer nada, absolutamente nada. Lamento ter sido grosseiro, mas não gosto que se aproximem de mim dizendo que é para o meu bem.

– Talvez fosse – respondeu Wylie.

– Isso é besteira.

– Mas eu teria aceitado. Sou vaidoso feito mulher: se alguém parece interessado em mim, alimento isso. Gosto de conselhos.

Stahr balançava a cabeça, reprovando a falta de caráter de Wylie, que insistia em apoquentá-lo. Wylie era dos poucos que contava com esse privilégio.

– Você gosta que lhe puxem o saco – insistiu Wylie –, gosta de se sentir superior.

– Isso me enoja – cortou Stahr –, mas não tanto quanto o fato de desejarem me ajudar.

– Se não gosta de conselhos, por que me contratou?

– Aí era uma questão de mercadoria – explicou Stahr. – Sou um comerciante. Me interessa comprar o que você tem na cabeça.

– Você não é comerciante coisa nenhuma, Stahr. Conheci muitos deles quando era publicitário e acho que Charles Francis Adams é quem tem razão.

– Por quê? O que foi que ele disse?

– Ele conhecia todos os maiorais: Gould, Vanderbilt, Carnegie, Astor. E dizia que não valia a pena ter contato com eles fora do escritório. Pelo que sei, nenhum deles melhorou depois disso. Eis por que você está longe de ser um comerciante.

– Esse Adams com certeza sofria do fígado – disse Stahr. – Devia ser desses que vivem querendo mandar e não possuem discernimento ou capacidade para isso.

– Era um homem inteligente – respondeu grosseiramente Wylie.

– Inteligência não basta. Vocês, escritores e artistas, misturam e confundem tudo. É sempre necessário que apareça alguém para tirá-los do buraco. – Deu de ombros. – Levam tudo para o lado pessoal, odeiam e veneram as pessoas, achando que todos são importantes, principalmente vocês mesmos. Vocês pedem para levar pontapés. Eu gosto das pessoas e me agrada que gostem de mim, mas meu coração está bem ali, onde Deus o colocou: do lado de dentro. – Mudou de assunto: – O que foi que eu disse a Schwartz no aeroporto? Lembra-se das palavras exatas?

– Você lhe disse: "Seja lá o que você quiser, a resposta é não!"

Stahr permaneceu calado.

– Ele estava por baixo – disse Wylie –, mas eu o animei. Chegamos a dar um passeio com a filha de Billy Brady.

Stahr chamou a aeromoça:

– Será que o piloto se incomodaria de me deixar viajar na frente com ele?

– Isso é contra o regulamento, Sr. Smith.

– Peça-lhe, então, que dê uma passadinha por aqui quando puder.

Stahr passou o restante da tarde lá na frente. Sobrevoamos o deserto e depois o altiplano. As cores misturavam-se, como as areias coloridas que nos serviam de brinquedo quando éramos crianças. No fim da tarde, começaram a aparecer as montanhas de Frozen Saw por baixo das hélices: estávamos chegando.

Nos momentos em que não estava cochilando, fiquei pensando em como gostaria de me casar com Stahr, de fazer com que ele me amasse. Que pretensão! Que podia eu oferecer-lhe? Na época, entretanto, não me preocupava com isso. Estava cheia do orgulho comum às mulheres jovens, que alimentam pensamentos sublimes como: "Sou tão boa quanto *ela*." Considerava-me tão bonita quanto qualquer uma das beldades que, vez por outra, o acompanhavam. Com certeza era meu esguichozinho de intelectualidade que me dava tanta certeza de vir a ser um ornamento brilhante para qualquer salão.

Eu sei agora que isso era absurdo. Embora a educação de Stahr não fosse além de uma escola noturna de estenografia, havia muito lidava com coisas praticamente impossíveis para outras pessoas. Minha presunção, entretanto, me fazia imaginar seus olhos castanhos olhando maliciosamente para os meus olhos cinza, meu coração acostumado com golfe e tênis a bater sobre o dele, já meio cansado de tanto trabalho extra. Ficava planejando, imaginando, tramando – qualquer mulher pode lhe dizer isso – sem conseguir nada, como você constatará. Até hoje ainda gosto de pensar que se ele fosse um rapaz pobre e mais novo, eu teria dado um jeito na situação. Mas ele possuía tudo o que lhe pudesse oferecer. Atualmente, minhas ideias mais românticas vêm dos filmes que vejo: *Rua 42*, por exemplo, exerceu uma influência enorme sobre mim. É bem possível que os filmes produzidos por Stahr tenham me transformado no que sou.

Pois é, não tinha jeito. Emocionalmente, pelo menos, não se pode viver de sobras.

Mas, naquela época, poderia ter sido diferente: meu pai poderia ajudar, a aeromoça poderia ajudar. Ela poderia ir até a cabine do piloto e dizer para Stahr: "Nunca vi tanto amor como nos olhos daquela menina."

O piloto poderia ajudar: "Você está cego, rapaz? Por que não vai até lá?"

Wylie White poderia ajudar, em vez de ficar em pé no corredor, me olhando, sem saber se eu estava dormindo ou não.

– Sente-se – disse-lhe. – Alguma novidade? Onde estamos?

– No ar.

– Ah, então é isso. Sente-se. Que está escrevendo agora? – Tentava mostrar-me alegre e interessada.

– Deus me perdoe, estou escrevendo sobre um escoteiro: *o escoteiro*.

– Foi ideia de Stahr?

– Não sei. Ele me pediu para pesquisar o tema. Pode ser que ele já tenha uns dez escritores fazendo a mesma coisa, ou então arranjará alguns para fazê-lo muito em breve. Muito inteligente esse sistema que inventou. Quer dizer que você está apaixonada por ele?

– Claro que não – respondi, indignada. – Eu o conheço desde que era criança.

– Está desesperada, então? Se usar sua influência para me fazer progredir, dou um jeito. Estou querendo ficar independente.

Fechei os olhos e adormeci. Acordei quando a aeromoça me cobria.

– Estamos quase chegando – disse ela.

Pela janela podia ver uma terra esverdeada, iluminada pelo pôr do sol.

– Ouvi uma coisa tão engraçada na cabine do piloto – disse, puxando conversa. – Esse Sr. Smith, ou Sr. Stahr, não sei, não me lembro de ter visto o nome dele...

– Não aparece nos filmes – disse-lhe.

– Pois é, não sei. Bem, ele estava perguntando uma porção de coisas aos pilotos a respeito de voar. Quer dizer, será que estava realmente interessado? Está entendendo?

– Estou.

– Pois é, um dos pilotos me disse que em dez minutos o Sr. Stahr poderia aprender a fazer um voo solo. Disse, também, que é um homem muito inteligente.

Eu estava ficando impaciente.

– Afinal, o que foi tão engraçado? – perguntei.

– Bem, aí um dos pilotos resolveu perguntar ao Sr. Smith se ele gostava de seu ramo de negócios e ele respondeu: "Claro. É evidente que gosto. É bom ser o único maluco sensato no meio de um monte de malucos desatinados."

A aeromoça se dobrava de rir. Senti vontade de cuspir nela.

– Achei tão engraçado isso, chamar todo mundo de um monte de malucos! Quer dizer, chamar de malucos *desatinados*. – Suas risadas cessaram de repente e tinha o rosto grave ao erguer-se. – Bem, preciso terminar minhas tarefas.

– Adeus.

Era óbvio que Stahr colocara os pilotos no trono com ele e lhes permitira sentirem-se seus semelhantes. Anos depois, viajando com um deles, soube o que Stahr havia dito.

Stahr olhava para as montanhas lá embaixo.

– Suponhamos que você fosse um maquinista – dissera, então – que tem de passar com o trem por um lugar daqueles. Depois de ver o relatório do fiscal, descobre que tem à frente três, quatro, meia dúzia de desfiladeiros sem saber por qual passar. É preciso decidir-se por um deles, mas qual? Não se pode tentar o melhor caminho senão usando-o. Então, o negócio é meter a cara.

O piloto ficara com a impressão de ter deixado escapar qualquer coisa.

– Como assim?

– A escolha é feita às cegas. Ou porque aquela montanha é cor-de-rosa, ou porque você acha o azul-escuro a cor mais bonita. Entendeu?

O piloto achara o conselho muito útil, embora duvidasse vir a ocupar algum dia uma posição que lhe permitisse aplicá-lo.

– Só queria saber – disse-me tristemente – como ele conseguiu se tornar o Sr. Stahr.

Essa pergunta, acredito, Stahr não conseguiria responder, uma vez que embriões são desprovidos de memória. Eu, sim, talvez fosse capaz de dar-lhe metade da resposta. Quando jovem, as asas fortes, ele voara muito alto, querendo ver tudo. Lá de cima, observou todos os reinos com olhos capazes de fixar o sol. Batendo tenazmente as asas – freneticamente, no fim – e continuando a batê-las, permaneceu lá em cima muito mais tempo do que qualquer um de nós. Então, lembrando-se de tudo o que vira do alto, veio pousando, aos poucos, em terra firme.

Os motores estavam parados e nossos cinco sentidos preparavam-se para a aterrissagem. À frente e à esquerda, uma fieira de luzes indicava a Estação Naval de Lonz Beach; um lusco-fusco à direita, Santa Mônica. Uma lua enorme, alaranjada, elevava-se sobre o Oceano Pacífico, no céu da Califórnia. Estávamos em casa, finalmente, e isso não tinha nenhum sentido para mim; devia ser muito pior para Stahr, bem sei. Para mim, eram as primeiras coisas que tinha visto na vida, como os tais carneiros no estúdio Laemmle; mas era também o lugar onde Stahr pousou sobre a terra depois daquele voo iluminado de onde ele viu para que caminho estávamos indo, e de que forma fizemos isso, e quanto disso tudo realmente importava. Talvez você ache que esse é o lugar para onde um vento, acidentalmente, o trouxe. Não concordo com isso. Prefiro acreditar que, num voo rasante, ele percebeu uma nova maneira de medir nossas esperanças inseguras, nossos rogos gratuitos, nossos lamentos desajeitados, decidindo conosco até o fim. Como o avião descendo no Aeroporto Glendale, dentro da morna penumbra.

2

Eram 21 horas daquela noite de julho, e ainda havia alguns figurantes na lanchonete em frente ao estúdio quando estacionei meu carro. O "velho" Johnny Swanson estava parado na esquina, dentro de uma roupa que imitava as dos caubóis, olhando melancolicamente para a lua. Antigamente, fora tão famoso quanto Tom Mix ou Bill Hart; hoje, conversar com ele era triste – por isso apressei-me em atravessar a rua e o portão da frente.

Um estúdio nunca fica completamente silencioso. Há sempre uma equipe de técnicos nos laboratórios ou nas salas de projeção e o pessoal da limpeza, dando um jeito no armazém. Cada barulho é diferente do outro: um é o som abafado de pneus, outro, o ronronar de um motor ou a voz nua de um soprano, invadindo a noite através de um microfone. Logo ao entrar, dei com um homem em botas de borracha, levando um carro sob magnífica luz branca – uma fonte entre as sombras mortas da indústria. Diminuí o passo ao ver o Sr. Marcus cuidando de seu automóvel em frente ao edifício da administração; levou tanto tempo para dizer alguma coisa – mesmo um boa-noite – que, enquanto esperava, verifiquei que a soprano cantava a frase "Venha, venha, que eu só amo você" vezes e vezes seguidas. Lembro-me disso porque foi essa frase que ela continuou cantando durante o terremoto. Que só começou cinco minutos depois.

Os escritórios de meu pai ficavam no prédio velho, de varandas compridas e escadas de metal com corrimãos de ferro forjado. Papai ocupava o segundo andar, com Stahr de um lado e o Sr. Marcus do outro. O andar inteiro estava aceso esta noite. Ao pensar que estaria próxima de Stahr, senti meu estômago dar sinal de vida; estava, porém, controlada – estava em casa havia um mês, só o vira um dia.

Havia um monte de coisas estranhas no escritório de meu pai, mas vou resumi-las. No saguão alojavam-se três secretárias, fisionomias impassíveis, que, desde que me entendo por gente, ficavam sentadas feito bruxas: Birdy Peters, Maude qualquer coisa e Rosemary Schmiel. Não sei se o nome da última era esse mesmo; só sei que era a decana do trio e sob sua mesa estava a chave fantástica que abria a porta da sala do trono de papai. Todas as três eram capitalistas fervorosas e sei que foi Birdy quem inventou a norma de que, se as datilógrafas fossem vistas almoçando juntas mais de uma vez na mesma semana, seriam demitidas na hora. Nessa época, os estúdios temiam a ditadura das multidões.

Entrei. Hoje em dia, qualquer diretor tem um escritório grande, mas o de meu pai foi o primeiro. Também fora o primeiro a dispor de janela toda envidraçada. Cheguei a ouvir uma história de que havia uma armadilha no assoalho, que se abria sob visitantes desagradáveis, lançando-os na rua: devia ser mentira. Pendurado conspicuamente na parede, um quadro de Will Rogers, cujo objetivo, acho, era mostrar a semelhança entre meu pai e o São Francisco de Hollywood; havia, ainda, um retrato autografado de Minna Davis – de quem Stahr era viúvo –, além de fotografias de celebridades de outros estúdios e de desenhos de mamãe e de mim. Nessa noite os janelões estavam abertos, e a lua, cheia e dourada: com tons de rosa e com umas nuvenzinhas em volta, estava colada a um deles. Papai, Jacques La Borwitz e Rosemary Schmiel estavam lá no fim de uma grande mesa circular.

A aparência de meu pai? Não sei descrevê-lo, exceto aquela vez que o encontrei, por acaso, em Nova York. Um homem de meia-idade, massudo e meio envergonhado, estava atrapalhando minha passagem; ao pedir-lhe licença, notei que era meu pai. Mais tarde, fiquei chocada com minha impressão. Papai chega a ser magnético quando abre o sorriso irlandês de seu másculo rosto quadrado.

Quanto a Jacques La Borwitz, vou poupar-lhes. Basta dizer que era um produtor-assistente – espécie de comissário – e chega. De onde Stahr desenterrava esses cadáveres mentais ou como eles lhe eram impostos – e, sobretudo, como descobria alguma utilidade neles – eram grandes dúvidas minhas; minhas ou de qualquer recém-chegado a Hollywood. Jacques La Borwitz tinha lá suas qualidades, sem dúvida, mas um protozoário submicroscópico também as tem, e o mesmo se pode dizer de um cachorro latindo por um osso ou por uma fêmea. Jacques La – ah, meu Deus!

Por suas expressões eu estava certa de que tinham falado de Stahr. Stahr havia ordenado ou proibido algo, ou desafiado papai, ou descartado um dos filmes de La Borwitz, ou qualquer outra coisa catastrófica; e eles estavam sentados ali aquela noite e formavam uma comunidade revoltada e indefesa. Rosemary Schmiel tinha um bloco nas mãos, como se estivesse pronta para anotar suas dejeções.

– Vou levá-lo para casa, vivo ou morto – disse eu a papai. – Não vou permitir que os presentes de aniversário se estraguem dentro das caixas!

– Aniversário! – gritou Jacques, numa rajada de desculpas. – Quantos anos? Não sabia!

– Quarenta e três – respondeu papai, com distinção. Pura mentira: fazia 47 e Jacques sabia, pois eu o vira anotá-lo, certa vez, em seu caderno de crédito. Aqui os cadernos de crédito são levados na mão, abertos, aonde quer que se vá. Mesmo não sabendo ler lábios, peguei Rosemary fazendo um comentário silencioso e escrevendo qualquer coisa no bloco. Na hora em que o apagou, a terra tremeu sob nossos pés.

Não sofremos tanto impacto quanto em Long Beach, onde os andares superiores das lojas foram lançados à rua e os hoteizinhos acabaram parando no mar. Por um minuto, entretanto, nossos intestinos e os da Terra foram um só, como se um pesadelo nos sacudisse pelo cordão umbilical e nos puxasse de volta a nossas placentas.

O retrato de mamãe caiu da parede, revelando um pequeno cofre. Rosemary e eu corremos apavoradas uma para a outra e dançamos uma estranha valsa, ao som de nossos gritos. Jacques desmaiou ou desapareceu de vista, e papai, trepando na mesa, gritou: "Vocês estão bem?" Lá fora a cantora atingiu o clímax da canção "I Love You Only", sustentou as notas durante um segundo e – juro por Deus! – começou tudo outra vez. Ou talvez estivessem tocando a gravação para que ela ouvisse.

A sala estava inteira, embora balançasse um pouco. Ao corrermos para a porta, Jacques reapareceu; atravessamos a antessala tropegamente em direção à varanda. Quase todas as luzes estavam apagadas e ouviam-se, aqui e ali, gritos e lamúrias. Durante um tempo muito curto, ficamos esperando pelo segundo impacto. Depois, como num impulso comum, corremos para o escritório de Stahr.

Era grande também, mas não tanto quanto o de papai. Encontramo-lo sentado no braço de um sofá, esfregando os olhos. O terremoto o pegara dormindo e ainda não sabia se fora um sonho. Quando lhe contamos, achou tudo muito engraçado – até que os telefones começaram a tocar. Eu o observava o mais discretamente possível. Ele estava pálido de cansaço, atendia os telefonemas, ouvia o ditafone; mas, conforme chegavam as notícias, seus olhos começaram a brilhar.

– Rebentaram uns canos – disse ele a meu pai – que estão ameaçando inundar os fundos do estúdio.

– Gray está filmando na French Village – respondeu papai.

– A Estação, a Selva e os fundos da cidade cinematográfica estão inundados. Estranho, parece que ninguém se machucou!

– Ao passar por mim, apertou-me as mãos, gravemente. – Por onde tem andado, Cecilia?

– Você vai lá para fora, Monroe? – perguntou papai.

– Só quando tiverem chegado todas as notícias. Parece que um dos geradores também parou; já mandei chamar o Robinson.

Obrigou-me a sentar a seu lado no sofá e contar-lhe tudo outra vez a respeito do tremor de terra.

– Parece cansado – disse-lhe, num tom meigo e maternal.

– Estou, sim – concordou. – Não tendo aonde ir à noite, fico trabalhando.

– Quer sair comigo uma noite dessas?

– Costumava jogar pôquer com uma turma – disse, pensativo – antes de me casar. Mas bebiam até caírem mortos.

A Srta. Doolan, sua secretária, entrou no escritório. Trazia as últimas e más notícias.

– Quando Robinson chegar, dará um jeito em tudo – assegurou Stahr a papai. Virou-se para mim: – Esse sujeito, esse tal Robinson, é fantástico. Conseguiu instalar fios telefônicos em Minnesota sob a maior das nevascas. Para ele não existem obstáculos. Logo estará por aqui. Você vai gostar dele.

Disse isso como se em sua vida não tivesse tido nenhum outro objetivo senão o de nos apresentar, como se tivesse providenciado o terremoto para tornar isso possível.

– Sim, acho que gostará dele – repetiu. – Quando voltará para a faculdade?

– Acabei de chegar.

– Vai passar todo o verão aqui?

– Infelizmente, não. Volto assim que puder.

Estava confusa. Não abandonara a ideia de que ele se sentia interessado por mim, mas se isso era verdade tudo ainda estava num estágio muito primário: eu não passava de uma "boa propriedade". E, no momento, essa imagem era tão desinteressante quanto a possibilidade de casar-me com um médico. Ele raramente saía do consultório antes das onze da noite.

– Quanto falta – perguntou a meu pai – para que ela termine a faculdade? Era isso que eu estava tentando dizer.

Tive vontade de gritar que eu não precisava mais voltar, que já estava bastante culta; nesse momento entrou o fabuloso Robinson, um rapaz ruivo de pernas tortas, pronto para o que desse e viesse.

– Este é Robby, Cecilia – disse Stahr. – Chegue aqui, Robby.

Pois é, conheci Robby. Não posso dizer que tenha sido o destino – mas foi. Foi, porque por intermédio dele é que soube como Stahr descobriu seu amor naquela noite.

Sob o luar, os fundos do estúdio transformavam-se em 30 acres de contos de fadas – não porque os locais parecessem selvas africanas de verdade, ou autênticos castelos franceses, ou barcos ancorados ou a Broadway à noite; pareciam, na verdade, velhos desenhos de livros infantis, fragmentos de historietas dançando ao pé de uma fogueira. Nunca morei numa casa com sótão, mas os fundos de um estúdio devem ser mais ou menos a mesma coisa. E à noite, naturalmente distorcidos por uma visão encantada, os objetos tomam vida.

Quando Stahr e Robby chegaram, fachos de luz já tinham afastado o perigo de acidentes com a inundação.

– Vamos bombear a água para o pântano da rua 36 – disse Robby, após um minuto de observação. – É propriedade municipal. Esperem, olhem só! Vão dizer que isto não foi um ato de Deus?

Pelo rio recém-formado, duas mulheres vinham flutuando numa cabeça gigantesca do deus Shiva. O ídolo fora arrancado de um cenário da Birmânia e saíra serpenteando gravemente na correnteza, pulando e dando solavancos junto aos outros objetos que também flutuavam. As duas náufragas tinham se refugiado nos enfeites na testa do deus e, à primeira vista, pareciam estar fazendo turismo ou uma interessante viagem de ônibus pela inundação.

– Dê uma olhada naquilo, Monroe! – insistia Robby. – Olhe aquelas mulheres, ali!

Batendo as pernas, elas conseguiram atingir um lugar no rio. Agora podíamos vê-las claramente, meio apavoradas, mas radiantes pela possibilidade de salvamento.

– Devíamos deixá-las ir flutuando até o incinerador de lixo – Robby disse galantemente –, mas DeMille vai precisar dessa cabeça semana que vem.

Robby era incapaz de matar uma mosca e já tinha entrado na água com vontade, tentando fisgá-las com uma vara e conseguindo, no máximo, fazê-las girar em torno da cabeça. Chegou mais ajuda e logo se espalhou a impressão de que uma delas era muito bonita e, depois, que eram gente importante. Na verdade, eram apenas visitantes. Robby, de má vontade, esperava que fossem içadas à terra firme para prestar-lhes auxílio.

– Soltem essa cabeça! – gritou-lhes. – Pretendem levá-la de lembrança?

Uma das mulheres escorregou suavemente pelas bochechas do ídolo, e Robby a segurou e a sentou no chão; a outra, após hesitar um pouco, fez a mesma coisa. Robby foi pedir opinião a Stahr:

– O que faremos com elas, chefe?

Stahr não respondeu. À sua frente, sorrindo-lhe timidamente, estava o rosto de sua falecida esposa, idêntico até na expressão. Olhos que ele conhecia tão bem corresponderam ao seu olhar e uma mecha de cabelo caiu sobre uma testa que lhe era familiar; o sorriso continuou, mudando um pouco, como fazia sua esposa: iguais até no corte dos lábios. Stahr viu-se invadido por um medo incontrolável e teve vontade de gritar. De volta da câmera mortuária, da procissão silenciosa de limusines e das flores murchas do caixão, saída das trevas, ela voltava, morna e viva. O rio parecia ter crescido, os enormes refletores se apagaram e se acenderam e ele, inesperadamente, ouviu uma voz diferente da de Minna:

– O senhor nos desculpe – disse a voz. – Seguimos um caminhão que entrou...

Uma pequena multidão se reunira em volta: eletricistas, motoristas, operadores de máquinas. Robby começou a dispensá-los como um cão pastor:

– ...Leve as bombas-d'água para os tanques do estúdio 4... Enrole uma corda em torno dessa cabeça... Divida essa tarefa em quatro grupos de dois... Pelo amor de Deus, tire primeiro a água que encheu a floresta... Deixe essa pipa d'água de lado... esse material é todo de plástico...

Stahr ficou observando as mulheres se afastarem, conduzidas por um policial ao portão de saída. Aí, então, fez uma tentativa para saber se seus joelhos continuavam trêmulos. Um trator pesado começou a atravessar o alagadiço e várias pessoas de repente passavam por ele, olhando-o, sorrindo, falando. "Olá, Monroe... Olá, Sr. Stahr... Noite quente, hein, Sr. Stahr... Monroe... Monroe... Stahr... Stahr... Stahr..."

Respondeu-lhes e afastou-se pela escuridão, parecendo um pouco, suponho, com um imperador passando em revista a sua velha guarda: gente de um mundo que não existe, mas que tem seus heróis, e Stahr era um herói. Quase todo o pessoal do estúdio trabalhava ali desde o início de sua atividade, passando pela fase negra do advento do som e pelos três anos de crise econômica: nada podia fazer-lhes mal. A lealdade desses homens, agora, vacilava; eram muito evidentes os pés de barro de seus antigos ídolos; Stahr, no entanto, ainda era a pessoa em quem confiavam, o último dos príncipes. E quando o cumprimentavam, ao passarem por ele, era quase como se lhe aplaudissem.

3

Pude observar muita coisa entre a noite de minha volta e a do terremoto.

Sobre papai, por exemplo. Eu o amava – de maneira irregular, é verdade –, mas comecei a ver que sua grande força de vontade tornava-o um homem intolerável, coisa que ele unia à sua astúcia. Foi por meio de muita sorte e astúcia que adquirira a quarta parte desse alegre circo – ele e Stahr. Nisso resumia-se o esforço de sua vida; o restante viera com o instinto. Naturalmente, sabia fantasiar aos endinheirados de Wall Street o mistério que representava fazer um filme. Na verdade, nem sabia o bê-á-bá de uma dublagem ou de um corte. Como garçom de um bar em Ballyhegan, não tivera tempo de aprender a conhecer os sentimentos de seus compatriotas e não tinha qualquer noção sobre enredos. Por outro lado, não tinha uma preguiça disfarçada, ao contrário de... Chegava ao estúdio antes do meio-dia e – com um senso de desconfiança desenvolvido como um músculo – era difícil passá-lo para trás em qualquer resolução.

Stahr tinha sido seu amuleto – e fazia-se algo mais, outra vez. Era um pioneiro na indústria, como foram Edison, Lumière, Griffith e Chaplin. Fora ele quem tornara o cinema mais poderoso do que o teatro, atingindo uma espécie de Idade de Ouro, antes da censura.

Uma prova de sua importância era o espião que havia colocado às suas costas – não só para informações íntimas ou processos secretos, mas também para saber seus gostos e tendências. Nisso desperdiçava quase toda sua vitalidade. Em parte seu trabalho era meio secreto e quase sempre lento e diversificado: difícil de descrever como um plano bélico, em que os fatores psicológicos se tornam tênues e termina-se simplesmente por acrescentar a eles as vitórias e os fracassos. Só minha determinação de mostrar-lhes como funcionava a coisa serve de desculpa pelo que contarei, parte do que eu já escrevera numa redação colegial, *Um dia na vida de um produtor;* o resto vem de minha imaginação. Os acontecimentos corriqueiros, inventei-os quase todos; os mais estranhos, entretanto, são verdadeiros.

Na manhã após a inundação, um homem encaminhou-se para a varanda do edifício da administração. Segundo uma testemunha, permaneceu ali por algum tempo, antes de subir na grade de ferro e mergulhar de cabeça. Resultado da queda: um braço inutilizado.

Pelas nove horas, a Srta. Doolan contou a Stahr o que tinha acontecido. Ele dormira no escritório e não ouvira o menor ruído.

– Pete Zavras! – exclamou. – O operador de câmera?

– Levaram-no a um consultório médico. Não sairá nada nos jornais.

– Que coisa mais chata! Sabia que ele estava arruinado, mas desconhecia a razão. Quando trabalhou conosco, há dois anos, estava bem. Por que veio fazer isso aqui? Como entrou?

– Enganou o porteiro com uma permissão velha – respondeu Catherine Doolan. Ela era casada com um diretor-assistente e parecia um falcão empalhado. – Quem sabe se o terremoto não o deixou perturbado?

– Era o melhor operador de câmera da cidade – disse Stahr.

Quando, mais tarde, veio a saber das centenas de mortos em Long Beach, continuou impressionado com o malogrado suicida da madrugada. Mandou Catherine Doolan fazer um relatório do assunto.

Os primeiros recados começaram a chegar no fim da manhã. Enquanto se barbeava e tomava café, Stahr falava e ouvia pelo ditafone. Robby lhe deixara uma mensagem: "Se o Sr.

Stahr precisar de mim, digam-lhe que vá para o inferno porque eu quero dormir." Um ator estava doente, ou pensava estar; o governador da Califórnia ia dar uma festa; um supervisor batera na mulher até deixar marcas e devia "ser rebaixado a roteirista" – três assuntos da alçada de papai, a não ser que o ator houvesse sido contratado por Stahr em pessoa. No Canadá, uma nevasca prematura surpreendera uma turma que fazia tomadas de cenas no local:

Stahr tentaria modificar o cenário do filme. Mais nada. Stahr chamou Catherine Doolan:

– Quero falar com o policial que ontem à noite levou para fora do estúdio duas mulheres. Acho que se chama Malone.

– Sim, Sr. Stahr. Liguei para Joe Wyman a fim de resolver o assunto das calças.

– Alô, Joe. Olhe: duas pessoas viram que a braguilha das calças do Morgan aparece aberta mais da metade do filme... estão exagerando, é claro. Mas se isso acontece em três metros de película... Não, não conseguimos encontrar as pessoas, mas quero que revejam a fita quantas vezes for necessário, até descobrir a falha. Leve um monte de gente para a sala de projeção: alguém acabará notando.

> *"Tout passe. L'art robuste*
> *Seul a l'éternité."*

– E está aí o príncipe da Dinamarca – disse Catherine Doolan –, que é muito bonito... para alguém tão alto – acrescentou, venenosa.

– Obrigado – respondeu-lhe Stahr. – Obrigado, Catherine. Gostei de saber que sou o homem baixo mais bonito das redondezas. Mande o príncipe se distrair com a paisagem e diga-lhe que almoçaremos à uma hora.

– Também chegou o Sr. George Boxley, com uma cara de quem está zangado à maneira britânica.

– Dentro de dez minutos eu o atenderei. – Antes que ela saísse, perguntou-lhe: – Robby telefonou?

– Não.

– Então ligue para ele e insista até que atenda. Pergunte-lhe se chegou a ouvir o nome daquela mulher da noite passada. De qualquer uma delas. Ou qualquer outra coisa que nos permita encontrá-las.

– Mais alguma coisa?

– Não, mas diga-lhe que é importante que se lembre. Quem eram? Quero dizer, que tipo de pessoas? Pergunte-lhe isso também. Pergunte-lhe se eram...

Catherine esperava que ele completasse a frase, rabiscando suas palavras no bloco, sem olhá-las.

– Hã... se elas eram... duvidosas. Eram gente de teatro? Não, isso não precisa, pode riscar. Pergunte-lhe, apenas, se sabe como encontrá-las.

Malone, o policial, não sabia de nada. Eram duas moças que ele levara até o portão de saída, nada mais. Uma delas estava machucada. Qual? Uma delas. Tinham um automóvel, um Chevrolet, e ele havia pensado em pedir-lhes a carteira de motorista. Era a mais bonita que estava machucada? Era uma delas.

Qual delas, ficara sem saber. Ali mesmo, Minna acabava de ser esquecida. Três anos!... Era melhor deixar para lá.

STAHR SORRIU PARA o Sr. George Boxley, um bondoso sorriso paternal que desenvolvera quando, ainda jovem, frequentava lugares importantes. No princípio era um sorriso de respeito aos mais velhos, mas quando suas decisões suplantaram as deles começou a transformar-se num sorriso de consolo, até que finalmente se tornou o que é hoje: um sorriso de bondade – algumas vezes meio apressado e cansado, mas sempre presente – para quem não o tivesse irritado até o momento. Ou para quem ele não quisesse insultar agressiva e abertamente.

O Sr. Boxley não retribuiu o sorriso. Entrou com uma cara de quem estava ali contra a vontade, embora aparentemente ninguém houvesse lhe forçado a entrar. Parou diante de uma cadeira e se prostrou ali como se dois carrascos invisíveis o tivessem obrigado. Sentou-se, mal-humorado. Ao acender o cigarro que Stahr lhe oferecera, sentia-se que o fósforo estava seguro por forças exteriores que ele não fazia questão de controlar.

Cortesmente, Stahr fitou-o:

– Algum problema, Sr. Boxley?

O romancista mirou-o num silêncio tenebroso.

– Li sua carta – falou Stahr, abandonando o tom condescendente. Falava de igual para igual, mas com um leve gume de deferência.

– Estão estragando o que escrevi – estourou, finalmente, Boxley. – Vocês têm sido muito decentes, mas isso não passa de uma conspiração. Aqueles dois burros que você mandou para me ajudar estragam tudo: parece que seu vocabulário se reduz a cem palavras.

– Por que não escreve tudo sozinho? – perguntou Stahr.

– É o que estou fazendo. Já lhe mandei uma parte.

– Que eram só diálogos – completou Stahr – de alto a baixo. Muito interessante, mas só diálogos.

Os dois carrascos invisíveis deveriam estar fazendo os maiores esforços para prender Boxley na cadeira. Esforçou-se por levantar e soltou um gemido parecido com um riso, mas que não expressava qualquer divertimento.

– Acho que vocês não leem nada – disse, por fim. – Os homens estão duelando quando ocorre a conversa. No fim das contas, um cai no poço e tem que ser puxado pelo balde. – Deu outro gemido e acalmou-se.

– O senhor seria capaz de escrever isso em um de seus livros, Sr. Boxley?

– O quê? Naturalmente que não.

– Acha banal?

– O cinema tem outros padrões – contestou Boxley.

– E o senhor costuma ir ao cinema?

– Não. Quase nunca.

– E isso porque as pessoas estão sempre duelando e caindo em poços?

– Isso mesmo. E também porque vivem sorrindo forçado e dizendo coisas inverossímeis sem qualquer naturalidade.

– Fique calado um instante – pediu-lhe Stahr. – Garanto-lhe que seus diálogos são melhores que os dos idiotas que lhe mandei como auxiliares. Foi por isso que o contratamos. Mas vamos imaginar uma coisa que não seja um diálogo medíocre nem um salto para dentro do poço. Seu escritório tem uma estufa que se acenda com fósforos?

– Acho que tem – respondeu, inflexível –, mas nunca a uso.

– Imaginemos que esteja no escritório, após um dia de muitos duelos ou trabalho, cansado demais para continuar escrevendo ou lutando. Está sentado, olhando para o nada com uma expressão idiota, como a gente fica de vez em quando. Uma estenógrafa bonita entra na sala e você a observa sem interesse. Ela não o vê, embora estejam bem perto um do outro. Descalça as luvas, abre a bolsa e despeja o conteúdo sobre a mesa...

– Stahr levantou-se, jogando seu chaveiro sobre a mesa.

– Ela tem duas moedas de dez centavos, um níquel e uma caixa de fósforos. Deixa o níquel sobre a mesa, recoloca as duas moedas dentro da bolsa e leva as luvas pretas para a estufa; abre-a, e as coloca lá dentro. Ajoelhada ao lado da estufa vai acender o único fósforo que existe na caixa. Você repara que há um ventinho vindo da janela e, justo nessa hora, toca o telefone. A moça atende-o, diz alô, escuta e responde deliberadamente: "Nunca possuí um par de luvas pretas na vida." Em seguida, desliga-o e volta a se ajoelhar onde estava. No exato momento em que acende o fósforo, você olha para o lado e nota que há outro homem no escritório, observando todos os movimentos da moça.

Stahr calou-se, apanhou suas chaves e recolocou-as no bolso.

– Continue – insistiu Boxley, sorrindo. – E o que acontece depois?

– Não sei. Estava só imaginando cenas de um filme.

Boxley sentiu que fora tapeado.

– Seria um melodrama.

– Não necessariamente – respondeu Stahr. – De qualquer maneira, não houve cenas de violência, diálogos vulgares ou expressões faciais exageradas. Só um pedaço estava ruim e você, como escritor, poderia melhorá-lo. Mas não reparou.

– Para que servia o níquel? – perguntou de forma evasiva.

– Não sei. – De repente Stahr deu uma gargalhada. – Ah, sim: o níquel servia para ir ao cinema.

Os dois carrascos invisíveis pareceram soltar Boxley. Ele relaxou, encostou-se na cadeira e riu:

– Para que você me paga, Stahr? Eu não entendo nada de cinema.

– Mas vai entender – respondeu Stahr com um sorriso malicioso –, caso contrário não teria perguntado a função do níquel.

Ao saírem, encontraram no vestíbulo um homem moreno, de olhos rasos.

– Sr. Boxley, apresento-lhe o Sr. Mike van Dyke. O que foi, Mike?

– Nada. Passei por aqui para ver se você realmente existia.

– Por que não vai trabalhar? – perguntou-lhe Stahr. – Faz tempo que não dou umas boas risadas.

– Estou com medo de uma crise nervosa.

– Pois deveria manter-se em forma. Quero ver como vai seu trabalho. – Stahr dirigiu-se para Boxley: – Mike é o homem das piadas. Eu ainda estava no berço quando começou a trabalhar aqui. Mike, dê umas cambalhotas e mostre alguns de seus truques ao Sr. Boxley.

– Aqui? – perguntou Mike.

– Aqui.

– O lugar é muito pequeno. Eu queria lhe perguntar...

– Há bastante espaço.

– Bem... – olhou em torno, tentando situar-se. – Dê o sinal de partida.

A assistente da Srta. Doolan, Katy, apanhou um saquinho de papel e soprou até enchê-lo de ar.

– Isso era rotina na época da Keystone – disse Mike para o Sr. Boxley. Depois, virando-se para Stahr: – Ele sabe o que significa rotina?

– Significa um ato – explicou Stahr. – George Jessel fez referências à rotina de Lincoln em Gettysburg.

Katy equilibrara o saco de papel sobre sua boca. Mike ficou de costas para ela.

– Está pronto? – perguntou Katy, enquanto abaixava os braços. Imediatamente, Mike, segurando suas próprias nádegas com as duas mãos, deu um pulo e deslizou os pés no chão, permanecendo no mesmo lugar e batendo os braços como asas...

– Salto duplo! – falou Stahr.

...até sair por uma porta que o contínuo lhe abrira e desaparecer por trás de uma janela da varanda.

– Sr. Stahr – disse a Srta. Doolan –, o Sr. Hanson está telefonando de Nova York.

Dez minutos depois, ele desligou o ditafone e Srta. Doolan entrou, avisando que um ator queria falar com ele.

– Diga-lhe que saí pela varanda – avisou Stahr.

– Está bem, mas já é a terceira vez na semana que ele o procura. Parece querer muito conversar com o senhor.

– Não fez nenhuma alusão a respeito do que seria? Será que o Sr. Brady não poderia resolver o problema?

– Não disse nada. O senhor tem uma reunião daqui a pouco; a Srta. Meloney e o Sr. White estão lá fora; o Sr. Broaca está ao lado, no escritório do Sr. Reinmund.

– Mande entrar o Sr. Roderiguez. Mas avise-o que apenas por um minuto.

Stahr não se moveu ao entrar o belo ator:

– Qual é a catástrofe? – perguntou, brincalhão.

O ator esperou que a Srta. Doolan saísse e respondeu:

– Monroe, estou acabado. Tinha de vir falar com você.

– Acabado! Não leu o *Variety*? Seus filmes lotam o cinema Roxy e só na semana passada renderam 37 mil dólares em Chicago.

– Mas isso é péssimo: aí é que está a tragédia. Consegui tudo o que sempre quis, mas agora não faz a menor diferença.

– Explique melhor.

– Não existe mais nada entre Esther e eu. Acabamos para sempre.

– Ora, uma briguinha...

– Que nada, muito pior: nem consigo falar sobre isso. Minha cabeça parece prestes a explodir, fico andando de um lado para outro como um louco. Digo as minhas falas como se estivesse dopado.

– Não tinha notado – comentou Stahr. – Ontem você representou muito bem.

– Verdade? Isso prova que ninguém sabe o que acontece com a gente.

– O que está querendo me contar é que vocês estão se separando?

– Acho que acabaremos chegando a esse ponto. Sim, inevitavelmente vamos chegar a isso.

– E por quê? – perguntou Stahr, impaciente. – Pegou-o com outra?

– Ah, não, não existe uma terceira pessoa. O problema é comigo. Estou acabado.

Finalmente Stahr compreendeu:

– Tem certeza?

– Há seis semanas estou assim.

– É pura impressão – disse Stahr. – Foi ao médico?

O ator assentiu:

– Tentei tudo. Cheguei até a... um dia fiquei tão desesperado que... fui ver se Claris dava um jeito. Não adiantou nada. Estou arrasado.

Stahr sentia-se tentado a mandá-lo conversar com Brady. Brady encarregava-se de todos os problemas de relações públicas, mas esse podia ser um problema de relações particulares. Deu as costas a Roderiguez um instante, conteve o riso e virou-se.

– Já falei com Pat Brady – disse o ator, como que lhe adivinhando os pensamentos. – Deu-me uma porção de conselhos, tentei tudo o que mandou: nenhum resultado. Na hora do jantar não consigo encará-la; Esther tem sido muito paciente, mas fico vexado. Passo o dia inteiro envergonhado. Meu filme, *Dia chuvoso,* quebrou todos os recordes de bilheteria em Saint Louis, fez 25 mil dólares em Des Moines e 27 mil em Kansas City, a correspondência de meus fãs aumenta cada vez mais e eu fico com medo de voltar para casa à noite, com medo de ir para a cama.

Stahr começava a preocupar-se. Quando o ator entrara no escritório, tinha pensado em convidá-lo para um coquetel, mas agora essa ideia parecia absurda: o que faria lá com esse problema a atormentá-lo? Veio à sua cabeça a imagem do ator perambulando pela festa, indo de um convidado a outro com uma bebida na mão e os gráficos de renda subindo, subindo.

– Por isso vim vê-lo, Monroe: você resolve qualquer problema. Nem que seja para ouvi-lo dizer que me suicide, achei melhor consultá-lo.

Uma campainha soou na mesa de Stahr; ele se inclinou para o ditafone e ouviu a voz da Srta. Doolan:
– Está na hora, Sr. Stahr.
– Ainda não. Preciso de mais cinco minutos.
– Quinhentas universitárias foram lá em casa – disse o ator, melancolicamente – e fiquei observando-as por trás das cortinas, sem coragem de sair.
– Sente-se – disse Stahr. – Temos muito tempo para conversar.

Na sala de espera, dois dos participantes da conferência se encontravam ali havia vinte minutos – Wylie White e Jane Meloney. Esta, uma loura de 50 anos baixa e magricela, sobre quem se ouviam as 50 opiniões mais disparatadas de Hollywood: "uma sentimental viciada", "a escritora de maior futuro em Hollywood", "uma veterana", "uma burra velha", "a mulher mais esperta por aqui", "a plagiadora mais inteligente do ramo"; e, naturalmente, para completar, descreviam-na como ninfômana, virgem, vigarista, lésbica e esposa fiel. Sem ser uma velhota, como toda mulher bem-sucedida, estava meio acabada. Tinha úlcera no estômago e salário anual acima de cem mil. Podia-se escrever um tratado para saber se valia isso mesmo, se mais, ou se não valia nada. Seu valor residia no simples fato de ser uma mulher que se adaptava a qualquer situação: rápida e digna de confiança, "conhecia o jogo" e não era egoísta. Fora grande amiga de Minna, o que fizera Stahr, durante muito tempo, sufocar aquilo que se tornara uma repulsa física bem delineada.

Wylie White e Jane Meloney esperavam em silêncio, ocasionalmente dando uma olhada na Srta. Doolan. De cinco em cinco minutos, Reinmund, o supervisor, telefonava de seu escritório, onde ele e Broaca, o diretor, estavam esperando. Dez minutos depois, a campainha de Stahr tocou e a Srta. Doolan chamou Reinmund e Broaca; na mesma hora, Stahr saiu de seu escritório segurando o ator pelo braço: estava tão machucado que, quando Wylie lhe perguntou o que tinha acontecido, abriu a boca e começou a gaguejar:

– Aconteceram umas coisas horríveis comigo – disse, mas Stahr interrompeu-o.

– Não aconteceu nada. Vá e faça o que lhe disse.

– Obrigado, Monroe.

Jane Meloney, em silêncio, observou-o afastar-se.

– Andaram matando moscas na cara dele? – perguntou. Era uma frase para cenas de roubo.

– Desculpem-me tê-los feito esperar – disse Stahr. – Entrem.

JÁ ERA MEIO-DIA e Stahr decidira que a reunião duraria exatamente uma hora. Menos não, pois só poderia ser interrompida por um diretor que tivesse problemas durante uma filmagem. E raramente durava mais, porque toda semana a companhia planejava uma produção complicada e dispendiosa como a atual de Reinhardt, *Milagre*.

Vez ou outra, embora já não tanto quanto cinco anos antes, Stahr passava noites em claro trabalhando num único filme – o que o deixava abatido nos dias seguintes. Quando saía de um problema para outro, sua vitalidade ressurgia a cada mudança. Como essas pessoas que conseguem acordar à hora que querem, ele havia ajustado seu relógio biológico para precisar dormir apenas uma hora por noite.

Além dos roteiristas, também participavam daquela reunião um dos supervisores mais importantes – Reinmund – e Broaca, o diretor de filmes.

Broaca era, nas aparências, um técnico completo: grande e sem ousadias, resoluto, popular. Era um idiota e muitas vezes Stahr o criticara pela repetição de cenas. Havia uma, a de uma menina rica, que aparecia em todos os filmes, com a mesma ação e os mesmos enquadramentos: uns cachorrões entravam na sala e ficavam pulando em volta dela; depois, ela ia para a cocheira e saía cavalgando em disparada. A explicação provavelmente nem era freudiana. Era possível que na juventude ele houvesse observado uma linda menina cercada de cães e cavalos e a imagem tivesse ficado para sempre em sua cabeça como uma marca registrada de glamour.

Reinmund era um jovem bonito e oportunista, com uma formação bastante razoável. No começo, demonstrara algum caráter, mas fora diariamente forçado a agir e pensar de forma imoral. Agora, já podia ser considerado um homem mau: aos 30 anos não tinha mais qualquer das virtudes que um bom americano ou um bom judeu devem apreciar. Mas era pontual na entrega de seus filmes e parecia saber lidar com Stahr, manifestando uma fixação quase homossexual em relação a ele. Stahr gostava dele e o considerava pau para toda obra.

Wylie White, é claro, em qualquer país seria reconhecido como um intelectual de segunda categoria. Era civilizado e volúvel, simples e arguto ao mesmo tempo, meio confuso e triste. A inveja que tinha de Stahr transparecia apenas nos momentos de descontrole e mesmo então misturava-se a certa admiração e até afeto.

– Esse filme deverá estar pronto daqui a duas semanas, a contar do próximo sábado – disse Stahr. – No geral, achei bom. Está bem melhor.

Reinmund e os dois roteiristas trocaram um olhar de parabéns.

– Exceto por uma coisa – disse Stahr, pensativo. – Não vejo razão para que seja produzido e, por isso, decidi cancelá-lo.

Por um momento houve um silêncio de espanto. Em seguida, murmúrios de protesto e perguntas sentidas.

– Vocês não têm culpa – respondeu-lhes Stahr. – Pensei que tivesse algo que na verdade não tinha. – Hesitou, olhando consternado para Reinmund: – Pena, era uma boa peça. Pagamos 50 mil por ela.

– Afinal, qual o problema com ela, Monroe? – perguntou Broaca, rispidamente.

– Bem, não parece valer a pena produzi-la.

Reinmund e Wylie White pensavam no impacto que aquela decisão teria em suas vidas profissionais. Reinmund já contava com dois filmes naquele ano, mas Wylie White precisava de crédito para marcar sua volta ao cinema. Jane Meloney observava Stahr do fundo de seus olhos de caveira.

– Você podia dar uma explicação melhor – pediu Reinmund.

– Sua decisão foi um choque e tanto, Monroe.

– Simplesmente, não desperdiçaria Margaret Sullavan nesse filme. Nem Colman. Não os aconselharia a representar os papéis...

– Seja claro, Monroe – rogou Wylie White. – Não gostou de quê? Das cenas? Dos diálogos? Do humor? Da construção?

Stahr apanhou o roteiro e deixou-o cair na mesa, como se fosse muito pesado para segurar.

– Não gostei dos personagens – disse. – Evitaria conhecê-los e, se soubesse que os encontraria em certo lugar, iria para outro diferente.

Reinmund sorriu, mas seus olhos refletiam preocupação.

– Essa é uma crítica superficial. Eles me pareceram bem interessantes.

– Também achei – disse Broaca. – Achei-os. E muito simpáticos.

– Acharam, é? – perguntou Stahr, categoricamente. – Pois a mim a protagonista pareceu uma mulher morta. E, quando terminei a leitura, pensei: "E daí?"

– Talvez possamos dar um jeito – disse Reinmund. – Naturalmente, isso nos aborrece, era a estrutura que tínhamos planejado...

– O problema não é a história – cortou Stahr. – Cansei de dizer-lhe que a primeira coisa que decido é o *tipo* de história que desejo. Mesmo que se modifique uma porção de coisas, a linha central terá que ser mantida. E esse não é o tipo de história que eu quero. A que compramos era brilhante e animada – era uma história alegre. Esta aqui está cheia de dúvidas e hesitações; o herói e a heroína deixando de se amar por qualquer besteira e voltando a se apaixonar por uma bobagem. Após a primeira sequência a gente já não liga se ela vai revê-lo ou vice-versa.

– É culpa minha – disse Wylie, de repente. – Sabe, Monroe, acho que hoje em dia as estenógrafas não têm mais aquela admiração cega pelos patrões, como em 1929. Elas ficaram desempregadas, presenciaram suas crises nervosas. Em outras palavras, o mundo agora é outro.

Stahr encarou-o impaciente e balançou a cabeça sutilmente:

– Isso não vem ao caso. A premissa dessa história é a de que ela tinha por ele uma admiração cega, se quer chamar assim. Também não havia a menor evidência de que ele sofria de crises nervosas. Quando você a fez duvidar dele, modificou o tipo de história. Ou melhor, jogou-a fora. É bom que você compreenda que esses personagens são diferentes e eu quero que continuem diferentes. Quando tiver vontade de filmar uma peça de Eugene O'Neill, comprarei na fonte.

Jane Meloney, que não tirara os olhos de Stahr, compreendeu que tudo estava bem, agora. Não era assim que ele desistia de um filme. Ela estava naquilo havia mais tempo do que qualquer um deles, exceto Broaca – com quem tivera uma aventura amorosa de três dias, vinte anos antes.

Stahr dirigiu-se a Reinmund:

– Pelo elenco, Reiny, você devia ter visto o tipo de filme que eu esperava. Corliss e McKelway não poderiam dar conta desses diálogos. Daqui para a frente, lembre-se: quando eu pedir uma limusine, espero um carro de luxo e não adianta me trazer o carro esporte mais bonito que já viu. Bem – disse, olhando em torno –, fui claro? Não gosto do tipo de filme que vocês trouxeram. Preciso dizer mais? Temos duas semanas. Depois, colocarei McKelway e Corliss em outro filme qualquer. Aceitam?

– Bem, naturalmente – respondeu Reinmund. – Acho que sim. Lamento esse equívoco. Deveria ter avisado Wylie. Pensei que suas ideias eram boas.

– Monroe tem razão – disse Broaca, abruptamente. – Desde o começo achei que estava tudo errado, mas não podia me meter.

Wylie e Jane olharam-no com desdém e trocaram um olhar significativo.

– E vocês, escritores – perguntou Stahr, gentilmente –, querem pegar a história outra vez? Ou preferem deixar para outro?

– Gostaria de fazer uma nova tentativa – disse Wylie.

– E você, Jane?

Aceno afirmativo de cabeça.

– O que acha da garota? – interessou-se Stahr.

– Bem, é claro que gosto um pouco do personagem.

– Então, esqueça – preveniu Stahr. – Dez milhões de americanos gostariam de linchá-la se fosse de verdade. Durante uma hora e vinte minutos vocês fazem com que se torne infiel mais de um terço da película, como se fosse um terço devassa.

– É muito? – interrogou Jane com astúcia.

Todos riram.

– Para mim, é – respondeu Stahr –, seja lá a profissão que tiver. Querem colocá-la sob um lampião, numa rua escura, com um vestido rasgado do lado? Está bem, podem fazer isso, mas em outra história. A nossa é de uma futura esposa e mãe. Ainda assim, *ainda assim*... – apontou para Wylie com o lápis... – é tão fascinante quanto o Oscar que está sobre minha mesa.

– Que droga! – gritou Wylie. – Se quer uma menininha pura, então por que vai...

– Ela fica confusa – disse Stahr –, é só. A peça tem uma cena que é melhor que toda essa baboseira que escreveu e você não a aproveitou. É quando ela tenta fazer o tempo correr rodando os ponteiros do relógio.

– Não se encaixava bem – desculpou-se Wylie.

– Estou cheio de ideias – disse Stahr. – Vou chamar a Srta. Doolan – apertou um botão – e, se não entenderem qualquer coisa, digam.

A secretária entrou quase imperceptivelmente. Caminhando animado, Stahr começou.

– Em primeiro lugar, queria contar-lhes o tipo de garota que ela era – que tipo de garota eu aprovo. Uma moça perfeita, com defeitos mínimos, tal como na peça; perfeita não porque o público assim a quer, mas porque é o tipo de garota que eu, Stahr, quero ver nesse tipo de filme. Está claro? Nada de filme psicológico. Ela tinha saúde, vitalidade, ambição e amor. O que dá importância à peça é a situação em que ela se surpreende. Conhece um segredo que afeta a vida de muita gente. Há uma solução correta e uma errada para escolha, sem que saibamos qual é qual. Quando isso se esclarece, ela vai direto para o caminho certo. Assim é a história: curta, limpa e direta. Nenhuma dúvida. Também nunca ouviu falar em luta de classes – completou com um sorriso – e pode estar vivendo em 1929. Deixei claro o tipo de garota que desejo?

– Muito claro, Monroe.

– Agora, suas ações – continuou Stahr. – A toda hora, sempre que a virmos na tela, estará querendo dormir com Ken Willard. Está claro, Wylie?

– Apaixonadamente, claro.

– O que quer que faça, é na intenção de dormir com Ken Willard. Se anda pelas ruas, é para ir dormir com Ken Willard; se come, é desejando fortalecer-se para dormir com Ken Willard. Mas vocês têm que dar a impressão de que ela jamais pensaria nisso, a não ser que estivessem casados. Sinto-me envergonhado de ter que esclarecer essas infantilidades, mas não me lembro de tê-las visto no roteiro.

Abriu-o e começou a folheá-lo, página por página. A Srta. Doolan deveria bater as notas com cinco cópias, mas Jane Meloney já anotara para si. Broaca, levando as mãos aos olhos semicerrados, ainda se lembrava de "quando um diretor era importante aqui", quando os roteiristas eram escritores de piadas ou repórteres ambiciosos e envergonhados, cheios de uísque; nessa época, um diretor era o maioral. Não existiam supervisores – não havia Stahr.

Despertou das lembranças ao ouvir seu nome.

– Gostaria que pusesses o menino em um teto inclinado e mantivesse a câmera sobre ele, enquanto anda de um lado para outro. Talvez consiga uma sensação agradável. Nada de perigo, *suspense* ou qualquer simbolismo: um garoto no telhado pela manhã.

– Está bem – concordou, já lúcido –, só um elemento de perigo.

– Não exatamente. Ele não começa a cair do telhado. Mostre isso na cena seguinte.

– Pela janela – sugeriu Jane Maloney –, ele podia subir pela janela da irmã.

– É um bom corte – aceitou Stahr. – Daí para a cena do diário.

– Ponho a câmera em cima dele – Broaca se interessava – e deixo que se afaste. Só uma tomada de longe, parada: e ele se afasta da câmera. Que não o acompanha. Uma tomada de perto e ele se afasta novamente. Depois aparecem todo o teto e o céu. – Gostara da ideia, era uma tomada bem original. Usaria uma gruta; mais barato que construir um teto num palco de céu artificial. Seria típico de Stahr: o céu – literalmente – como limite. Há muito trabalhava com judeus para que acreditasse serem mesquinhos.

– Na terceira sequência, faça-o ofender o padre – disse Stahr.

– O quê?! – gritou Wylie. – Os católicos vão cortar nossas cabeças.

– Estive conversando com Joe Breen e ele me disse que isso acontece. Não brigarão por tão pouco.

Sua voz continuou no mesmo tom até parar, abruptamente, quando a Srta. Doolan olhou para o relógio:

– É muita coisa até segunda-feira? – perguntou a Wylie.

Wylie e Jane entreolharam-se, sem se dar o trabalho de assentir. Ele viu seu fim de semana se desmilinguir, mas era um homem diferente do que entrara. Quando se ganha 1.500 dólares por semana não se recusa um trabalho de emergência, principalmente quando seu filme está ameaçado. Não fosse empregado permanente, Wylie teria fracassado por falta de cuidado, coisa que Stahr sempre solucionava – para todos eles. Essa sensação não o abandonaria ao sair do escritório ou do prédio. Sentia-se motivado. A mistura de senso prático, grande sensibilidade, ingenuidade teatral e uma concepção meio primitiva de bem-estar comum de Stahr incentivava-o a cumprir sua parte, mesmo que o esforço se apresentasse quixotesco e os resultados fossem insípidos.

Pela janela, Jane Meloney observava o armazém. Pediria que levassem seu almoço ao escritório e faria umas arrumações até que chegasse. O homem viria à uma e quinze, cheirando a perfume francês contrabandeado pela fronteira mexicana. Não era pecado – parecia proibição.

Reinmund bajulava Stahr, sob o olhar de Broaca. Este sentia que Reinmund estava subindo. Recebia 750 dólares pela autoridade relativa que exercia sobre diretores, roteiristas e estrelas que ganhavam muito mais. Usava sapatos ingleses baratos que comprava perto de Beverly Wilshire (Broaca torcia para que lhe machucassem os pés); muito em breve, entretanto, estaria encomendando-os na loja Pee e jogando fora o chapeuzinho de tirolês. Broaca era bem mais velho que ele e, apesar de sua ficha de serviços durante a guerra, sentia-se diferente desde que não reagira a uma bofetada de Ike Franklin.

A sala estava enfumaçada e no fundo, por trás da mesa, Stahr afastava-se cortesmente, ouvindo Reinmund e a Srta. Doolan. A reunião terminara.

Stahr deveria ter recebido Agge, o príncipe dinamarquês, "interessado em aprender a respeito de filmes desde as coisas mais simples" e descrito pelo autor, no rol de personagens, como "fascista recente".

– O Sr. Marcus está telefonando de Nova York – disse a Srta. Doolan.

– Mas como? – perguntou Stahr. – Ontem à noite o vi por aqui.

– Bem, ele está ao telefone. A chamada vem de Nova York e reconheci a voz da Srta. Jacobs. Ligaram do escritório dele.

Stahr riu:

– Vou encontrá-lo para almoçar – disse. – Nenhum avião poderia trazê-lo tão rápido.

A Srta. Doolan voltou ao telefone. Stahr ficou curioso para ouvir o resultado.

– Tinha razão – ela veio dizer. – Foi engano. O Sr. Marcus telefonara para lá esta manhã, contando o tremor de terra e a inundação, e parece que mandou pedir ao senhor mais detalhes. A secretária é nova e não o entendeu, deve ter ficado confusa.

– É, deve ter ficado – concordou Stahr, severo.

O príncipe Agge não os entendia, mas, tentando localizar o que havia de fabuloso naquilo, concluiu ser algo triunfalmente americano. O Sr. Marcus, cujas dependências podiam ser vistas do outro lado da rua, telefonara para Nova York a fim de perguntar a Stahr sobre a inundação. O príncipe tentava compreender essas relações intrincadas, ignorando que a confusão era fruto do cérebro enferrujado do Sr. Marcus.

– Deve ser uma secretária muito, muito nova – repetiu Stahr. – Mais algum recado?

– O Sr. Robinson telefonou – disse ela. – Uma das mulheres lhe disse o sobrenome, mas ele não se lembra se era Smith, Brown ou Jones.

– Grande ajuda...

– Ela também contou que acabara de se mudar para Los Angeles.

– Lembro-me de que usava um cinto de prata – disse Stahr – com estrelas em relevo.

– Estou tentando saber mais a respeito de Pete Zavras. Conversei com a esposa dele.

– E ela, o que disse?

– Ah, que a situação deles tem estado péssima, que perderam a casa, que ela está doente...

– E o problema dos olhos, tem jeito?

– Ela não sabia de nada sobre o estado dos olhos dele. Nem imaginava que estivesse ficando cego.

– Muito engraçado.

Era nisso que pensava, a caminho do refeitório, mas tudo parecia confuso, como o problema do ator naquela manhã. Não sabia lidar com a saúde dos outros, nem com a sua. Na alameda ao lado do restaurante, desviou-se de um pequeno caminhão elétrico aberto, que passou cheio de moças em alegres trajes da época da Regência. Seus vestidos flutuavam ao vento, e seus rostos, jovens e maquiados, o encararam cheios de curiosidade, e ele sorriu.

NUMA SALA DE JANTAR reservada do refeitório do estúdio sentaram-se 11 homens e seu convidado, o príncipe Agge: eram os endinheirados, os que mandavam. Quando não tinham convidados, comiam em silêncio, quebrado às vezes por perguntas a respeito da esposa ou dos filhos de um deles ou por um desencargo de consciência. Entre os dez, oito eram judeus – cinco dos quais estrangeiros, incluindo um grego e um inglês. Todos se conheciam há muito: possuíam a maior parte das ações, sem jamais despenderem acima de um milhão em produções por ano.

O velho Marcus continuava agindo com inquietante desenvoltura. Seu instinto incansável prevenia-o do perigo, de gente querendo passar-lhe a perna – quando o consideravam encurralado, aí é que se tornava perigoso. Seu rosto cinza atingira tal imobilidade que mesmo os que tinham se acostumado a observar reflexos no canto de seus olhos nada mais viam. Para completar, nasceram ali alguns cabelinhos brancos e sua couraça tornou-se perfeita.

O Sr. Marcus era o mais velho do grupo e Stahr o mais novo. As diferenças de idade já não eram tão evidentes, embora Stahr houvesse se reunido pela primeira vez com aqueles homens quando ainda era um rapaz sonhador de 22 anos. Naquela época, os envolvera e maravilhara com sua capacidade de mentalizar, rápida e corretamente, custos e despesas, pois aqueles homens não eram feiticeiros nem mesmo peritos no assunto – apesar do que se pensa de judeus em relação a dinheiro. Quase todos deviam seus êxitos a qualidades distintas e incompatíveis. Ainda assim, como em um grupo a tradição une tipos os mais diversos, Stahr era encarado como resultado do interesse de cada um, mais ou menos como fazem os torcedores de um time de futebol.

Como se verá, Stahr libertara-se dessa benevolência, embora a aceitasse.

O príncipe sentara-se entre Stahr e Mort Fleishacker (o advogado da companhia), de frente para Joe Popolos, o dono de cinemas. Era hostil a judeus, mas de maneira muito vaga e da qual tentava se libertar. Turbulento, na época em que servira na Legião Estrangeira, achava os judeus demasiado apegados à própria pele. Entretanto, predispunha-se a achá-los diferentes na América – eram outras as condições – e, com certeza, deve ter considerado Stahr um sujeito fabuloso. De resto, para ele, homens de negócio eram pessoas medíocres – simplificava as coisas voltando ao sangue de Bernadotte que corria em suas veias.

Meu pai – vou chamá-lo de Sr. Brady, como fez o príncipe, contando-me sobre este almoço – estava preocupado com um filme e, quando o Sr. Leanbaum se retirou mais cedo, foi sentar-se ao lado de Stahr:

– E o filme passado na América do Sul, Monroe?

O príncipe notou que a atenção de todos se dirigia para eles, tornando o ambiente diferente como se 12 pares de cílios tivessem feito o barulho de asas. Depois, silêncio outra vez.

– Vamos tocar para a frente – respondeu Stahr.

– Com o mesmo orçamento? – perguntou Brady.

Stahr assentiu.

– É um exagero. Não acontecem milagres como o de *Anjos do inferno* ou de *Ben-Hur*, em que se ganha mais do que se gasta.

Provavelmente o ataque era estudado, porque Popolos, o grego, entrou com uma conversa dúbia:

– É inconcebível, Monroe, pois temos de nos adaptar à realidade do momento. Numa escala progressiva pode-se, perfeitamente, tentar realizá-lo, ainda que nos pareça meio absurdo.

– Que acha disso, Sr. Marcus?

Como se já estivessem prevenidos, todos os olhos se desviaram para o fim da mesa, onde o Sr. Marcus, que já havia avisado seu secretário particular de que desejava levantar-se, amparava-se nos braços deste. Sua aparência era de tal fragilidade que ficava difícil imaginá-lo dançando com sua jovem amante canadense, como costumava fazer.

– Monroe é nosso gênio na produção – disse. – Tenho inteira confiança nele. Pessoalmente, não cheguei a ver a inundação.

Todos ficaram em silêncio enquanto se retirava.

– No momento, não existe no país um total de 2 milhões de dólares – disse Brady.

– Não existe – concordou Popolos. – Se existisse, podia-se usá-los à vontade. Mas não existe.

– Talvez tenham razão – concordou Stahr, antes de fazer uma pausa para certificar-se de estar sendo ouvido. – Acho que podemos dispor de um milhão e quatrocentos; talvez, mesmo, um milhão e meio. E mais uns 250 mil no exterior.

Silêncio novamente – desta vez com burburinho, meio confuso. Por cima do ombro, Stahr pediu ao garçom que telefonasse para seu escritório.

– Mas, e seu orçamento? – interessou-se Fleishacker. – É de 750 mil, compreendo. E suas expectativas só podem aumentá-lo, sem lucro.

– Não é isso que espero – disse Stahr. – Não se tem certeza de mais de um milhão e meio.

O ambiente ficara tão imóvel que o príncipe Agge pôde ouvir o barulho de cinza de cigarro caindo. Fleishacker começara a falar, animado, mas um telefone foi estendido sobre os ombros de Stahr:

– É de seu escritório, Sr. Stahr.

– Ah, sim, obrigado. Ah, olá, Srta. Doolan. Entendi tudo a respeito de Zavras. Era só boato, aposto. Fez, é? Ótimo... ótimo. Agora, o que eu quero é o seguinte: mande-o esta tarde ao meu oculista, Dr. John Kennedy. Diga-lhe que peça um atestado e mande fazer uma fotocópia. Entendeu?

Desligou e virou-se para a mesa, impulsivo:

– Alguém aqui sabia que Pete Zavras estava ficando cego?

Dois deles confirmaram. Os outros prenderam a respiração, sem saber aonde Stahr pretendia chegar.

– Pura besteira. Ele confessou que nem foi a um oculista e que não descobre por que os estúdios não querem saber dele. Por causa de alguém que não gosta dele ou que andou fazendo mexericos, há um ano não trabalha.

Houve um murmúrio convencional de simpatia. Stahr assinou um cheque e fez menção de levantar-se.

– Queira desculpar-me, Monroe – disse Freishacker, sob os olhares de Brady e Popolos. – Sou bastante novo aqui e talvez não tenha, implícita ou explicitamente, alcançado todo o significado das suas palavras. – Falava depressa, mas as veias de sua testa pulavam orgulhosamente sob seu vocabulário da Universidade de Nova York. – Afinal, vai reduzir o orçamento?

– É um filme de qualidade – disse Stahr, fingindo inocência.

Todos haviam se dado conta disso, mas ainda achavam que havia algo obscuro. Stahr acreditava que o filme renderia muito dinheiro. Ninguém com sua sensibilidade...

– Há dois anos só temos tido lucro – disse Stahr. – Agora estamos em condições de gastar um pouco. E uma coisa dessas sempre traz prestígio.

Alguns ainda tinham dúvidas ou achavam que haveria lucros. Stahr foi claro:

– Vamos perder dinheiro – disse, levantando-se, os olhos a sorrir e brilhar. – Se o fracasso for total, o milagre será maior do que o de *Anjos do inferno*. Temos certas obrigações para com o público, como Pat Brady costuma dizer durante os jantares da Academia. É bom que os organizadores de produção quebrem a cabeça com um filme que dará prejuízo.

Fez um sinal para o príncipe. Antes de se retirar, este lançou um olhar pela sala, tentando descobrir o efeito das palavras de Stahr. Todos os olhos – mais perdidos que desanimados a uma distância indefinida acima da mesa – piscavam agora rapidamente, mas não havia um ruído sequer na sala.

Na saída de seu refeitório particular, passaram por uma parte do restaurante propriamente dito. O príncipe Agge bebeu avidamente e observou as alegres ciganas, os soldados e cidadãos de costeletas e paletós enfeitados do Primeiro Império. A certa distância, davam a impressão de gente vinda de outro século, e o príncipe tentou imaginar o caráter fantástico que ele e os homens de seu tempo apresentariam nos filmes do futuro.

Sofreu um choque ao dar de cara com Abraham Lincoln: tendo crescido junto com o socialismo escandinavo – época em que a biografia de Nicolay era lida por todo mundo –, sempre ouvira dizer que Lincoln era um homem a quem se devia admirar e, por ver-se forçado a isso, tinha horror dele. Entretanto, vê-lo sentado aqui, de pernas cruzadas e a face bondosa concentrada numa refeição de 50 *cents* – sobremesa incluída –, deixou-o estupidificado como a um turista no Kremlin, diante da múmia de Lênin. Esse, então, era Lincoln. Ao notar que o deixara para trás, Stahr virou-se e esperou-o. O príncipe continuava parado.

Era isso, então – pensou –, o que eles queriam vir a ser.

De repente, Lincoln pegou um pedaço de torta e enfiou-o na boca; meio apavorado, o príncipe voltou para o lado de Stahr.

– Espero que tudo esteja saindo como esperava – disse Stahr, notando que o negligenciara. – Mais meia hora para resolver uns problemas e visitaremos todos os cenários que quiser.

– Preferiria ficar com você – disse o príncipe.

– Verei o que tenho para resolver e depois vamos prosseguir juntos.

O cônsul do Japão se manifestara numa narrativa de espionagem que poderia ofender a sensibilidade nipônica. Havia telegramas e telefonemas. Robby dispunha de mais informações:

– O sobrenome da mulher era Smith, ele tem certeza – disse a Srta. Doolan. – Ele lhe perguntara se queria ir até o estúdio e calçar uns sapatos secos, mas ela não aceitou –, portanto, não pode reclamar de nada.

– Para dizer isso nem precisava ter telefonado outra vez. Smith... – refletiu um momento. – Peça à companhia telefônica uma lista de Smiths que receberam telefones recentemente e ligue para todos eles.

– Está bem.

4

— Como vai, Monroe? – perguntou Red Ridingwood. – Foi bom você ter descido.

Stahr passou por ele, dirigindo-se para o cenário de uma sala luxuosa que seria usada no dia seguinte. Ridingwood seguiu-o, percebendo depois de um momento que, não importava quão rápido eu andasse, Stahr sempre conseguia estar um ou dois passos à frente. Reconheceu nisso uma indicação de aborrecimento – tática que ele próprio já usara; quando dono de seu próprio estúdio, fizera uso de tudo. Nenhum gesto de Stahr o surpreenderia. Estava ali para resolver situações difíceis, e nem Stahr nem ninguém passariam por cima dele. Certa vez, Goldwyn tentara interferir em seu trabalho e Ridingwood o deixara falando sozinho diante de cinquenta pessoas. Como esperava, o resultado foi o fortalecimento de sua autoridade.

Chegando ao cenário, Stahr parou.

– Não presta – disse Ridingwood. – Não tem criatividade alguma. Não adianta apelar para a iluminação...

– Foi por isso que me chamou? – perguntou Stahr, de pé, perto dele. – Por que não resolveu isso com o Departamento de Arte?

– Não lhe pedi para descer, Monroe.

– Você gostaria é de ser seu próprio supervisor.

– Desculpe-me, Monroe – disse Ridingwood, pacientemente –, mas não lhe pedi para descer até aqui.

De súbito, Stahr virou-se e dirigiu-se para as câmeras. Visitantes boquiabertos desviaram momentaneamente seus olhares da heroína do filme para Stahr e depois para ela novamente. Eram os Cavaleiros de Colombo: tinham visto seu patrono levado em procissão, mas agora viam seu sonho materializar-se.

Stahr parou ao lado da cadeira da heroína. Um vestido muito decotado expunha o eczema brilhante de seus seios e costas, cujas manchas eram lambuzadas de emoliente antes de cada tomada de cena – que era removido logo depois. Seus cabelos tinham cor e viscosidade de sangue coagulado, mas seus olhos se mantinham brilhantes.

Antes que Stahr dissesse qualquer coisa, uma voz atrás dele proclamou: "Ela é fabulosa, absolutamente fabulosa."

Era um diretor-assistente, tentando um elogio delicado. Era um elogio à atriz, sem que a pobrezinha tivesse que se virar para ouvir. O elogio estendia-se a Stahr pelo fato de tê-la contratado e, remotamente, a Ridingwood.

– Tudo bem? – perguntou Stahr, simpático.

– Ah, tudo ótimo – ela respondeu –, exceto em relação ao pessoal da publicidade.

– Vou avisá-los para que não se metam em sua vida – disse Stahr, dando uma piscadela.

Há muito seu nome era sinônimo de puta. A personalidade que ela própria criara para si lembrava aquelas rainhas que, nos filmes do Tarzan, governam misteriosamente um monte de negros. Olhava para o restante do mundo com se fosse povoado por negros. Ela era um mal necessário, contratado para um único filme.

Ridingwood e Stahr caminharam juntos até a entrada do cenário.

– Está tudo bem – disse o diretor –, ela faz o que pode.

Distanciando-se de todos, Stahr parou de repente e olhou para Red com olhos ardentes:

– Você está fotografando pessimamente – disse. – Essa atriz é uma canastrona.

– Estou tentando conseguir a melhor interpretação possível...

– Venha comigo – disse Stahr de repente.

– Vamos sair? Mando o pessoal descansar?

– Não precisa – disse Stahr, puxando a porta.

Lá fora, o motorista o esperava dentro do carro. Os minutos sempre eram preciosos.

– Entre – disse Stahr.

Agora Red sabia que o problema era sério e já o antevia. Desde o primeiro momento de filmagem ela se mostrara desinteressada do papel e ele, para não criar problemas, deixara a coisa ir em frente.

Stahr monologava:

– Não se consegue coisa alguma dela, eu lhe disse o que queria. Eu queria que ela fizesse uma mulher *má*, mas o que vejo é uma chata. Infelizmente vamos ter que cancelar, Red.

– O filme?

– Não. Vou mandar Harley terminá-lo.

– Está bem, Monroe.

– Sinto muito, Red. Tentaremos outra coisa em outro momento.

O carro parou em frente ao escritório de Stahr.

– Quer que termine esta tomada? – perguntou Red.

– Harley já está fazendo isso – disse Stahr, grave.

– Mas como...

– Ele entrou quando saímos. Ontem à noite mandei que lesse o roteiro.

– Olhe aqui, Monroe...

– Tenho muito que fazer hoje, Red – cortou Stahr. – Há três dias você não quer mais nada com esse filme.

Tudo aquilo não passava de uma confusão, pensou Ridingwood. A perda de posição era pequena, muito pequena – mas provavelmente significava que não poderia casar-se pela terceira vez agora, como planejara. Nem havia a compensação de ter armado uma discussão: só depois é que se sabe ter desagradado Stahr. Sendo seu maior freguês, Stahr sempre – ou quase sempre – tinha razão.

– E meu paletó? – perguntou subitamente. – Deixei-o lá.

– Sei disso – respondeu Stahr. – Está aqui.

Esquecera que o tinha na mão, tentando ser condescendente com o lapso de Ridingwood.

A "SALA DE PROJEÇÃO do Sr. Stahr" era um cinema em miniatura com quatro fileiras de poltronas estofadas. Em frente à primeira fileira havia mesas compridas, cheias de luzinhas, botões de campainhas e telefones. Encostado à parede, um piano, esquecido ali desde os tempos do cinema mudo. No ano anterior, a sala fora redecorada, mas o uso constante já a fazia parecer desgastada novamente.

Aqui Stahr podia ser encontrado às 14h30 e às 18h30, vendo trechos de filmes produzidos durante o dia. Nessas ocasiões, o ambiente quase sempre ficava tensamente selvagem – lidava-se com *faits accomplis* – com o resultado de meses de compras, cálculos, roteiros escritos e reescritos, elenco, construções, iluminação, ensaios e filmagens –, fruto de brilhantes pressentimentos ou de conselhos desesperados, de letargia, conspiração e suor. Nesse ponto, a manobra tortuosa parava e ficava em suspenso: eram informações vindas da linha de fogo.

Além de Stahr, compareciam os representantes de todos os departamentos técnicos, com os supervisores e administradores dos filmes em questão. Diretores, não; oficialmente porque se considerava seu trabalho terminado – na verdade, porque as sugestões feitas levavam em consideração o que realmente estava em jogo: dinheiro. Por ser uma situação delicada, os diretores mantinham-se a distância.

A equipe já estava reunida. Stahr entrou e sentou-se rapidamente. Cessaram os cochichos. Stahr escorregou na cadeira e levantou os joelhos: apagaram-se as luzes. Na última fileira, alguém acendeu um fósforo, e fez-se silêncio.

Na tela, apareceu uma tropa franco-canadense empurrando uma canoa correnteza acima. A cena tinha sido filmada num dos tanques do estúdio e, ao fim de cada tomada, após ouvir a voz do diretor dizendo: "Corta", os atores descansavam, mudavam a expressão social e às vezes davam gargalhadas; nessa hora a água do tanque parava de correr e a ilusão cessava. Stahr absteve-se de comentários, exceto para mostrar os ângulos que lhe agradaram e para fazer notar que o truque era "muito bom".

A cena seguinte, também passada nas corredeiras, era um diálogo entre a mocinha canadense (Claudette Colbert) e o *courrier du bois* (Ronald Colman), ela olhando para ele de dentro da canoa. Após algumas falas, Stahr de repente interrompeu:

– Já esvaziaram o tanque?

– Sim, senhor.

– Monroe, precisavam dele para...

– Mandem prepará-lo de novo imediatamente – cortou Stahr. – A segunda tomada tem que ser feita outra vez.

As luzes foram acesas. Um dos administradores levantou-se e parou na frente de Stahr.

– Uma belíssima cena jogada fora – lamentou Stahr. – Tudo fora de enquadramento: a câmera filmava a belíssima cabeleira de Claudette durante todo o tempo em que ela falava. É exatamente o que se desejava, não é? É exatamente o que os espectadores esperam ver: os cabelos de uma mulher bonita. Podem dizer para Tim que teria sido bem mais prático usar uma substituta, sairia mais barato.

As luzes apagaram-se de novo. O administrador saiu da frente de Stahr para não atrapalhar sua visão. A mesma cena apareceu na tela.

– Estão vendo? – perguntou Stahr. – Além do mais, há um risco no filme, ali à direita, estão vendo? Descubram se é defeito do projetor ou da película.

Quando a cena chegou ao fim, Claudette Colbert virou a cabeça e apareceram seus imensos olhos líquidos.

– Isso é que devia ter aparecido o tempo todo – exclamou Stahr. – Sua interpretação está excelente também. Vejam se conseguem solucionar tudo até amanhã ou até hoje à noite.

Pete Zavras jamais cometeria um erro como aquele. Em Hollywood não havia seis operadores de câmera em quem se pudesse confiar plenamente.

Acesas as luzes, o supervisor e o administrador do filme retiraram-se.

– Monroe, as cenas que veem agora foram filmadas ontem; ontem mesmo foram reveladas.

A sala escureceu novamente. Surgiu na tela a cabeça de Shiva, enorme e imperturbável, ignorado que, poucas horas depois, seria arrastada pela inundação. À sua volta, uma multidão de fiéis.

– Quando filmar essa cena outra vez – disse Stahr, de repente –, ponha duas criancinhas no enquadramento. Certifique-se de que isso não deixe a cena irreverente, mas acho que não faz mal. Criança não perturba nada.

– Sim, Monroe.

Um cinto de prata com estrelas desenhadas... Smith, Jones ou Brown. Será que a mulher do cinto de prata...?

O próximo filme era uma história de gângsteres, passada em Nova York. Stahr irritou-se:

– Que porcarias de cenas – sua voz cortou a escuridão. – A narrativa é ruim, o elenco está equivocado, uma besteira completa. Que personagens falsos, parecem marionetes! O que é que houve, Lee?

– A cena foi escrita hoje de manhã, na hora de filmar – respondeu Lee Kapper. – Burton queria todo o elenco no estúdio 6.

– Bem, está bom para o lixo. Essa outra também. Nem precisava ter revelado essa cópia. Ela não acredita no que tem que dizer, Cary muito menos. Esse "Eu te amo" dito em grande plano está a arrancar os cabelos. E a garota está vestida demais.

A um sinal, o projetor parou e as luzes se acenderam. No pesado silêncio que dominou a sala, o rosto de Stahr mantinha-se inexpressivo.

– Quem escreveu a cena? – perguntou, depois de um minuto.

– Wylie White.

– Ele tinha bebido?

– Claro que não.

– Coloque uns quatro roteiristas reescrevendo essa cena – calculou Stahr. – Verifique de quem dispomos. Sidney Howard ainda está por aqui?

– De manhã, estava.

– Então, explique a ele o que eu quero nessa cena: a moça está apavorada, mas tenta disfarçar. É uma coisa simples, não se podem sentir três emoções ao mesmo tempo. E você, Kapper...

O diretor artístico saía da segunda fileira:

– Eu o quê?

– Há algo no cenário que não está muito bem.

Olhares silenciosos foram trocados por toda a sala.

– O que é, Monroe?

– *Você* é que devia me dizer o que está errado. Tem coisa demais, o olhar se dispersa. Parece cenário de papelão.

– Mas não é.

– Sei que não é. Não é bem isso que me desagradou. Volte lá hoje à noite e repare bem. Pode ser que sejam móveis em excesso ou de estilo equivocado. Talvez precisasse de uma janela. Você não podia dar mais uma olhada naquilo tudo?

– Vou fazer o possível – disse Kapper, se esgueirando pela fileira, olhando para o relógio. – Irei para lá agora. Trabalhando durante a noite, amanhã de manhã estará pronto.

– Ótimo. Lee, você pode refazer essas cenas, não pode?

– Acho que sim, Monroe.

– Eu me responsabilizo pelo atraso. E a cena da luta, está aí?

– É a próxima.

Stahr acenou com a cabeça, Kapper retirou-se apressado e a sala ficou às escuras outra vez. Na tela, quatro homens iniciaram uma batalha terrível dentro de uma adega. Stahr caiu na gargalhada.

– Vejam o Tracy – disse. – Olhem como persegue o outro fulano. De briga, aposto que tem grande experiência.

Os homens não paravam de brigar. A luta era monótona, os mesmos golpes se repetiam e, ao final, sorriam entre si e chegavam mesmo a dar palmadinhas amistosas no ombro um do outro. Só o dublê se arriscava – um boxeador que bem podia matar os três outros. O perigo residia na possibilidade de os outros se esquecerem dos truques que lhes ensinara e se excederem. Mesmo assim, o ator mais jovem temia por seu rosto e o diretor disfarçara suas hesitações através de ângulos e superposições engenhosas.

Aí, então, dois homens ficavam diante de uma porta durante um tempo interminável, em seguida reconheciam-se e continuavam seus caminhos. No fim, encontraram-se, entreolharam-se e foram em frente.

Apareceu, depois, uma menininha lendo coisas escritas numa árvore, aborrecida porque o menino a seu lado não queria prestar atenção no que ela dizia. O miolo da maçã que ele comera caiu sobre a cabeça dela.

Uma voz saltou da escuridão:

– Muito lenta, não acha, Monroe?

– Não acho – respondeu Stahr. – É uma cena simpática. Bem ingênua.

– Pensei que fosse meio comprida demais.

– Às vezes, três metros é filme demais; outras, duzentos é pouco. Quero falar com o montador antes que pegue essa cena; ela vai ser lembrada nesse filme.

O oráculo se pronunciara e nada seria dito ou posto em dúvida. Stahr sempre tem razão, mesmo que se engane: qualquer dúvida pode fazer a estrutura derreter feito manteiga.

Passou-se outra hora. Bobinas de fragmentos de sonhos foram exibidas, sofreram críticas e se preparam para serem sonhadas pelas multidões ou para serem descartadas. As duas últimas exibições foram de testes: um de uma moça, outro de um tipo característico. Depois da projeção, que foi tensa, os testes foram tranquilos, e concluídos; os observadores recostavam em suas cadeiras; Stahr deslizou seus pés no chão. Qualquer opinião era bem-vinda. Um dos técnicos manifestou vontade de viver com a tal moça; o resto manteve-se indiferente.

– Há dois anos mandaram um teste dessa mesma moça. Ela deve estar se tornando conhecida, mas não melhorou nem um pouco. Achei bom o teste do homem. Não se pode usá-lo como o velho príncipe russo de *Estepes*?

– Ele é um velho príncipe russo – respondeu o diretor de elenco –, mas tem vergonha disso. É comunista. E, se há um papel que disse que não faria, é esse.

– É o único que pode fazer – disse Stahr.

As luzes foram acesas. Stahr enrolou seu chiclete num papel e jogou-o no cinzeiro. Virou-se para sua secretária com ar inquisidor.

– As construções no estúdio 2 – disse ela.

Deu uma olhada rápida nas construções, uma filmagem feita sobre o fundo de outro filme através de um artifício simples. Dali deveria dirigir-se para o escritório de Marcus, a fim de se posicionar contra a intenção de dar um final feliz a *Manon*: ora, havia séculos se ganhava dinheiro com o final infeliz! Estava decidido: a essa hora da tarde tornava-se mais fluente do que nunca e a oposição recaiu sobre outro assunto – o empréstimo de algumas artistas de destaque para um espetáculo beneficente cuja renda se reverteria em benefício dos desabrigados pelo terremoto. Cinco delas, numa euforia de desprendimento, tinham feito doações cujo total era de 25 mil dólares. A doação fora generosa, mas não como as dos homens pobres: não se tratava de caridade.

No escritório, encontrou um recado do oculista a quem enviara Pete Zavras, informando que estava tudo bem com os olhos do câmera. Lera o atestado que Zavras levara para fazer fotocópia. Stahr caminhava pelo escritório com ar de machão, sob o olhar admirador da Srta. Doolan. O príncipe Agge deu uma passada por lá, a fim de agradecer a tarde transcorrida no estúdio, e, enquanto conversavam, chegou um recado estranho de um supervisor: um casal de roteiristas de nome Tarleton tinha feito uma "descoberta" e pretendia demitir-se.

– São bons roteiristas – explicou Stahr para o príncipe – e é difícil achar bons escritores por aqui.

– Mas você pode contratar qualquer escritor! – exclamou o visitante, surpreso.

– Ah, nós os contratamos, mas quando chegam aqui são péssimos: por isso temos que usar o material de que dispomos.

– Quem, por exemplo?

– Qualquer pessoa, desde que aceite nosso sistema e se mantenha razoavelmente racional. Temos de tudo: poetas frustrados, dramaturgos com uma única peça encenada, mocinhas que completaram o curso colegial, tudo. Damos o mesmo tema para dois deles; se o resultado não convence, põem-se mais dois trabalhando no tema. É comum ter seis pessoas trabalhando independentemente na mesma ideia.

– Eles gostam disto?

– Se descobrem, não. Não são gênios, nada saberiam fazer sozinhos. Esses Tarleton são um casal do Leste, bons dramaturgos. Descobriram que não são os únicos encarregados de uma mesma história e ficaram chocados. Isso abala seu sentimento de unidade, segundo as próprias expressões deles.

– Mas, o que é essa... unidade?

Stahr hesitou – sua expressão era grave, mas seus olhos sorriam:

– A unidade sou eu – disse. – Apareça quando quiser.

Ele viu os Tarleton. Disse-lhes que seu trabalho lhe agradava, olhos fixos na Sra. Tarleton, como se pudesse ler a alma dela através de suas laudas batidas a máquina. Bondosamente, informou que os estava retirando daquele filme e colocando em outro, sujeito a pressões menores, sem tanta premência de tempo. Como calculara, quase lhe imploraram para ficar no primeiro, pedindo maior crédito, ainda que partilhado com vários outros. Era um sistema vergonhoso, reconhecia – mediocrizante, comercial, deplorável. Uma ideia sua, coisa que sempre se esquecia de mencionar.

Ao saírem, a Srta. Doolan entrou, triunfante:

– A moça do cinto está ao telefone, Sr. Stahr.

Ao ficar só no escritório, Stahr sentou-se por trás de sua mesa e apanhou o telefone, sentindo o estômago embrulhado. Não pensara no assunto, assim como não pensara sobre Pete Zavras. A princípio, só quisera saber se ela tinha uma profissão, se era uma atriz que imitava Minna; lembrava-se de uma jovem atriz que se maquilava e se fazia fotografar sob os mesmos ângulos de Claudette Colbert.

– Alô – disse ele.

– Alô.

Tentando lembrar-se do que o entusiasmara a noite passada, sentiu o terror começar a invadi-lo. Com esforço maior, conseguiu espantá-lo:

– Bem... foi um bocado difícil encontrá-la – disse. – Mora aqui há pouquíssimo tempo e se chama Smith, era tudo o que tínhamos. E um cinto de prata.

– Ah, sim – disse a voz, ainda contraída e indecisa. – Estava usando um cinto de prata ontem à noite.

E agora, o que mais?

– Quem é você? – perguntou a voz, empapada de dignidade burguesa.

– Meu nome é Monroe Stahr – disse.

Pausa. Um nome que jamais aparecia nos filmes, ela devia estar com dificuldade em situá-lo.

– Ah, sim, sim. Você era o marido de Minna Davis.

– Sim.

Seria um truque? A visão de ontem, aquela mesma pele radiante como que iluminada por fósforos, não seria um truque para agarrá-lo? Não era Minna e, ao mesmo tempo, era. As cortinas da sala dançaram por causa do vento, papéis espalharam-se pelos cantos e seu coração sufocou-se à intensa realidade do dia que existia fora de sua janela. Se insistisse nisso, que resultados traria vê-la outra vez – a expressão de espanto velado, os lábios fortemente desenhados para uma pobre e imensa gargalhada humana?

– Gostaria de vê-la. Não quer vir ao estúdio?

Hesitação, novamente – e uma recusa direta:

– Ah, acho melhor não. Lamento muito.

A última frase era puramente formal, desencorajante, fim de conversa. Uma vaidade superficial veio em auxílio de Stahr, acrescentando poder de persuasão à sua urgência:

– Gostaria de vê-la. Há um motivo para isso.
– Bem... Lamento, mas...
– Não poderia ir aí vê-la?

Houve nova pausa. Desta vez não foi de hesitação, mas para amealhar a resposta.

– Há uma coisa que o senhor não sabe – disse ela, finalmente.
– Ah, que você provavelmente é casada? – Estava impaciente. – Não tem nada a ver com isso. Pedi-lhe que viesse aqui sem segundas intenções. Traga seu marido, caso tenha um.
– Olhe, é... é muito difícil.
– Por quê?
– Achei uma besteira aceitar falar com você, mas sua secretária insistiu... Pensei que tivesse perdido alguma coisa durante a inundação e vocês tivessem achado.
– Gostaria muitíssimo de vê-la. Nem que fosse por cinco minutos.
– Para me contratar para o cinema?
– Não pensei nisso.

O intervalo que se seguiu foi tão longo que pensou tê-la ofendido.

– Onde podemos nos encontrar? – perguntou inesperadamente.
– Aqui? Na sua casa?
– Não. Em outro lugar qualquer.

Stahr não conseguia, de repente, lembrar-se de lugar algum. Sua casa? Um restaurante? Onde as pessoas marcam encontros? Num lugar especial ou num bar?

– Marquemos num lugar qualquer, às nove horas – disse ela.
– Infelizmente, acho que é impossível.

— Outra hora não posso.
— Então está bem, nove horas. Mas perto daqui, sim? Há um *drugstore** em Whilshire...

QUINZE PARA AS SEIS. Fora do escritório, dois homens aguardavam para marcar uma entrevista, como faziam todos os dias àquela hora, e a entrevista sempre era adiada. Hora de fadiga: o assunto deles não era tão importante que precisassem ser vistos imediatamente, nem tão insignificante que pudesse ser ignorado. Adiou sua entrevista mais uma vez e se sentou um momento a sua mesa, pensando sobre a Rússia. Não exatamente sobre a Rússia, mas sim sobre o filme a respeito da Rússia, que com certeza hoje lhe tomaria meia hora, pelo menos. Sabia que existiam muitas histórias sobre a Rússia — para não falar da própria História —, mas empregara uma equipe de roteiristas e pesquisadores durante um ano e o resultado foi que nenhuma das histórias lhe agradara. Queria uma que tivesse pontos de contato com a Independência dos Estados Unidos, e não aquelas que lhe entregavam: abrindo possibilidades desagradáveis e problemas. Considerava-se sincero com a Rússia: queria tão somente fazer um filme simpático. O projeto, entretanto, continuava sendo uma dor de cabeça.

— Sr. Stahr, lá fora estão o Sr. Drummon, o Sr. Kirstoff e a Sra. Cornhill. Vieram falar do filme sobre a Rússia.
— Está bem, mande-os entrar.

ENTRE SEIS E MEIA e sete e meia, cuidou das últimas correrias da tarde. Não fosse seu encontro com a moça, estaria na sala de projeção ou na de gravação; a noite anterior, entretanto,

---
*Drogaria onde são vendidos remédios e outros artigos como comida, cosméticos e refrigerantes. (*N. do E.*)

fora cansativa: jantar a essa hora lhe faria bem. Ao entrar no escritório, encontrou Pete Zavras esperando-o, braço na tipoia.

– Você é o Ésquilo e o Eurípides do cinema – disse Zavras, com simplicidade –, e também o Aristófanes e o Menandro. Fez um cumprimento solene.

– Quem são? – perguntou Stahr, sorrindo.

– Patrícios meus.

– Não sabia que tinha trabalhado em cinema na Grécia.

– Está me gozando, Monroe. Só quero dizer que você é tão bom quanto eles. Você conseguiu me salvar.

– Sente-se bem agora?

– O braço? Está ótimo, é como se alguém o estivesse beijando. Valeu a pena fazer o que fiz, sendo esse o resultado.

– Por que resolveu fazer isso logo aqui? – perguntou Stahr, curioso.

– Antes do Oráculo de Delfos, vamos ao Édipo que resolveu o enigma. Se pudesse botar as mãos no filho da puta que começou com a história toda...

– Você me faz lamentar minha falta de cultura – disse Stahr.

– Bobagem. Tornei-me bacharel em Salônica e veja como terminei.

– Não exagere.

– Quando precisar de uma pessoa para cortar a garganta de alguém – disse Zavras –, é só procurar meu nome no catálogo.

Stahr fechou os olhos e voltou a abri-los: a silhueta de Zavras tornara-se uma mancha contra o sol. Apoiou-se na mesa que lhe estava por trás e disse, numa voz equilibrada:

– Boa sorte, Pete.

Tudo enegrecia, mas forçou-se a caminhar; entrou no escritório instintivamente e esperou que a porta se fechasse para procurar suas pílulas. O jarro de água bateu contra a mesa e o vidro rachou. Sentou-se no sofá, esperando que a benzedrina fizesse efeito antes de sair para jantar.

Na saída do refeitório, alguém acenou para ele de dentro de um pequeno carro esporte. Nos bancos traseiros, reconheceu um ator jovem e sua namorada e ficou a observá-los desaparecer por trás do portão, até se tornarem mais um pontinho colorido no entardecer de verão. Aos poucos ele vinha perdendo a sensibilidade com coisas assim, até Minna ressurgir naquela outra criatura. Tanto se desvanecia seu temor de se maravilhar que já podia sentir desmanchar-se a ostentação de eterno pesar. A associação infantil de Minna aos prazeres materiais fê-lo, ao chegar ao escritório, mandar preparar seu carro esporte; era a primeira vez esse ano. A enorme limusine parecia-lhe pesada de lembranças de reuniões e cochilos de fadiga.

Ao deixar o estúdio, ainda estava tenso, mas o automóvel aberto trouxe-lhe o verão ainda mais para junto de si e mostrou-lhe a lua pousada no fim do bulevar: era doce a ilusão de que ela se apresentava diferente a cada noite, cada ano. Outras luzes voltavam a brilhar em Hollywood desde a morte de Minna: do lado de fora dos mercados, limões, abacaxis e maçãs verdes lançavam matizes ondulantes à rua. Um automóvel, à sua frente, piscou a luz traseira, de cor violeta, e no cruzamento seguinte piscou de novo. Holofotes cruzavam o céu. Numa esquina vazia, dois homens misteriosos movimentavam um tambor que lançava luz sobre pontos indeterminados nas nuvens.

Na *drugstore*, uma mulher esperava ao lado do balcão: alta – quase da altura de Stahr – e encabulada. Para ela, aquilo era uma situação difícil e, não houvesse Stahr lhe parecido gentil e educado, teria ido embora no primeiro minuto. Cumprimentaram-se e saíram andando calados, trocando um olhar de vez em quando; antes de chegarem ao passeio, Stahr já sabia que ela era uma americana bonita, só isso. Nada da beleza de Minna.

– Aonde vamos? – ela perguntou. – Pensei que viria com motorista. Não faz mal, não sou cão de raça.

– Cão de raça?
– Desculpe. – Deu um sorriso forçado. – É que dizem que vocês são tão horrorosos...

Pensar que pudesse ser de tal forma sinistro divertiu Stahr – por pouco tempo.

– Por que insistiu em me ver? – perguntou ela, ao entrar no carro.

Manteve-se indiferente, embora louco para mandá-la embora imediatamente; ela, no entanto, já se refestelara e – ele sabia – não tinha culpa da situação em que se metera. Parou de sorrir e deu a volta no carro para entrar. A luz de um poste iluminou o rosto dela: inacreditável que fosse a mesma da noite passada! Não havia a mínima semelhança com Minna.

– Vou levá-la de volta para casa. Onde mora?
– Para casa? – Estava boquiaberta. – Não tenho pressa nenhuma. Desculpe se o ofendi.
– Absolutamente. Foi gentileza sua ter vindo. Eu é que fui idiota. Ontem à noite você me pareceu a sósia de uma pessoa que conheci. Além da escuridão, estava contra a luz.

Ela se ofendera: censuravam-na por não se parecer com alguém.

– Foi por isso, então? Muito engraçado!

O carro passava pelas ruas; eles em silêncio.

– Você foi casado com Minna Davis, não foi? – perguntou, intuitiva. – Desculpe ficar lembrando isso.

Dirigia o mais rápido que podia, sem dar mostras disso.

– Sou um tipo bem diferente de Minna Davis, não foi isso que você quis dizer? Deve ter me confundido com a outra moça que estava comigo: ela é bem mais parecida com Minna Davis do que eu.

Seu interesse morrera. Só lhe interessava acabar com aquilo o mais breve possível e passar uma borracha por cima.

– Quem sabe se não foi ela? – perguntou a moça. – É minha vizinha.

– Impossível. Lembro-me do seu cinto de prata.
– Então era eu, sim.

Estavam a nordeste do Sunset, subindo por um dos desfiladeiros que levavam às colinas. Bangalôs iluminados serpenteavam em torno das curvas da estrada e os geradores que os abasteciam trepidavam, espalhando seu barulho pela redondeza.

– Aquela luz mais alta ali, está vendo? Kathleen mora lá. Eu moro bem em cima do morro.

Um minuto depois pediu-me que parasse o automóvel.

– Pensei ter ouvido em cima do morro.
– Quero parar na casa de Kathleen.
– Desculpe, mas meu tempo...
– Quero saltar aqui – disse, impaciente.

Stahr acompanhou-a, caminhando em direção a uma casinha nova, cujo teto roçava um salgueiro. Ela apertou a campainha e virou-se para despedir-se:

– Lamento tê-lo desapontado.

Estava com pena dela, de ambos.

– Foi culpa minha. Boa noite.

Um rastro de luz saiu pela porta aberta e uma voz de mulher perguntou quem era. Stahr olhou.

Era ela. O rosto, as formas e o sorriso contra a luz que vinha de dentro. Era o rosto de Minna – a pele radiante parecendo iluminada por fósforos, os traços mornos dos lábios que jamais souberam falar de despesas e, sobretudo, aquela malícia ingênua que fascinara uma geração.

Sentiu seu coração lhe faltar, tal como na noite anterior. Só que desta vez, benevolamente, ainda continuou dando sinais de vida.

– Ah, Edna, você não vai poder entrar – disse a moça. – Andei fazendo uma faxina e a casa está que é só cheiro de amônia.

Edna começou a rir em sonoras gargalhadas:

– Era você que ele queria ver, Kathleen.

Os olhares de Stahr e de Kathleen se encontraram e se entrelaçaram. Por um instante, amaram-se como ninguém faria depois, num olhar mais demorado que um abraço, mais desesperado que um apelo.

– Telefonou-me – disse Edna – pensando que...

Stahr interrompeu-a, avançando em direção à luz:

– Acho que o pessoal foi meio rude com vocês ontem à noite, no estúdio.

Não havia, entretanto, palavras que expressassem o que realmente disse. Ela o ouvia, de perto, sem se envergonhar. Dentro dos dois, a chama da vida se acendia. Edna desaparecera.

– Ninguém foi rude conosco – disse Kathleen. Um vento frio sacudiu os cabelos que lhe caíam sobre a testa. – Nós é que fomos intrometidas.

– Gostaria de convidá-las para fazer uma visita ao estúdio.

– Você, quem é? Alguém importante?

– Era casado com Minna Davis, é um produtor – respondeu Edna, como que brincando. – E não foi bem isso que me contou: acho que está caidinho por você.

– Chega, Edna – disse Kathleen, definitiva.

Como se notasse estar sendo inconveniente, Edna despediu-se, pedindo a Kathleen que lhe telefonasse, e seguiu para a estrada. Carregava consigo um segredo: vira a centelha que se passara entre ambos na escuridão.

– Lembro-me de você – disse Kathleen a Stahr. – Foi quem nos tirou da inundação.

E agora? Sentia-se um espaço vazio com a ausência da outra mulher. Estavam a sós e a base era muito débil para o que já acontecera. O mundo de Stahr parecia muito distante – ela não tinha mundo algum, exceto a cabeça do ídolo e uma porta entreaberta.

– Você é irlandesa – disse, tentando deixá-la à vontade.

Aceno afirmativo:
— Mas vivi em Londres muito tempo. Não pensei que desse para notar.

Olhos verdes e selvagens de um ônibus correram pela estrada. Calaram-se até que passasse.

— Sua amiga não gostou muito de mim — disse ele. — Deve ter preconceito contra os produtores.

— Também é recém-chegada. É bobinha, mas não faz mal a ninguém. *Eu* não teria medo de você.

Ela procurou seu rosto. Pensou, como qualquer um pensaria, que ele parecia cansado — impressão que desapareceu ao senti-lo como uma tocha ao ar livre, numa noite fresca.

— As moças devem procurá-lo a fim de entrarem para o cinema, não?

— Acabam desistindo — disse ele.

Não era verdade — havia borbotões delas procurando-o, mas suas vozes havia muito sconfundiam-se com o barulho do tráfego. Sua posição, não obstante, permanecia mais que majestosa: um rei podia fazer uma única rainha; Stahr, pelo menos a juízo seu, podia fazer várias.

— Se a intenção fosse essa, acharia você um cínico — disse ela. — Não está pensando em me lançar no cinema?

— Não.

— Ótimo. Não sou atriz. Em Londres, uma vez, no Carlton, um homem veio me perguntar se não queria fazer um teste. Pensei bem e decidi não ir.

Estavam em pé, quase impassíveis, como se, de um momento para outro, ele fosse partir e ela entrasse de novo em casa. De repente, Stahr riu:

— Sinto-me como um cobrador, escorando a porta com o pé.

Ela também riu.

— Lamento não poder convidá-lo para entrar. Quer que apanhe um banquinho e me sente aqui fora?

– Não. – Um pressentimento longínquo avisava-o de que era hora de se retirar. Talvez voltasse a vê-la, talvez não. Não fazia mal. – Virá ao estúdio? Não prometo acompanhá-las, mas, se forem, mandem me avisar.

Uma ruga, a sombra de um pedaço de cabelo, apareceu entre seus olhos:

– Não tenho certeza – disse. – Mas agradeço-lhe o convite.

Sentiu que, por uma razão qualquer, ela não iria; perdera-a por um deslize. Perceberam que o momento tinha passado. Ele precisava ir embora, ainda que para lugar nenhum, as mãos vazias. Nem sabia seu telefone ou seu nome completo. Parecia absurdo perguntar tudo isso agora.

Acompanhou-o até o carro, sua beleza ardente e sua novidade inexplorada incomodando-o. Ao ultrapassar as sombras, no entanto, menos de um palmo de luar os separava.

– Acabamos por aqui? – ele perguntou, espontâneo.

Notou arrependimento no rosto dela – e também uma ameaça de sorriso em seus lábios feito uma cortina indecisa sobre paisagem proibida.

– Gostaria muito de revê-lo – disse ela, quase formalmente.

– Lamentaria muito se isso não viesse a acontecer.

Distanciaram-se por um minuto. Mas, ao manobrar o carro e encontrá-la esperando-o passar, sentiu-se pleno e feliz. Alegrava-o saber que o mundo continha belezas que não podiam ser medidas pelos escalões do departamento de elenco.

Ao chegar em casa, sentiu uma curiosa solidão, enquanto esperava que o criado lhe trouxesse o chá. A velha ferida voltava a sangrar, dolorosa e magnífica. Ao pegar os dois roteiros que seriam suas leituras noturnas e que deveria visualizar – linha por linha – na tela, deteve-se um instante pensando em Minna. Explicara-lhe que aquilo tudo nada significava, que ninguém seria como ela, que lamentava muito.

Esse era, em essência, um dia na vida de Stahr. Sobre a doença, de nada sei, nem como começou, porque era muito reservado; sei que, naquele mês, desmaiou mais umas duas vezes, papai me contou. O príncipe Agge foi meu informante a respeito do almoço no refeitório onde confessara pretender fazer um filme que daria prejuízo – o que representa coisa importante, levando-se em conta os homens com quem tinha que lidar, suas ações e sua percentagem nos lucros.

Wylie White também me contou um bocado. Acredito nele porque sente por Stahr uma mistura intensa de ciúme e admiração. Quanto ao que digo – estava completamente apaixonada por Stahr. Aceitem o que lhes parecer verossímil.

5

Descontraída, fui vê-lo uma semana depois; pelo menos foi o que pretendi. Quando Wylie White me mandou chamar, vesti roupas de montaria para dar a impressão de que estava cavalgando desde cedo.

– Hoje me lanço embaixo das rodas do carro de Stahr – disse eu.

– Este aqui não serve? – sugeriu Wylie. – É um dos melhores carros de segunda mão vendidos por Mort Fleishacker.

– Nunca – respondi automaticamente. – Lembre-se de que tem uma esposa no Leste.

– Coisa do passado. Há uma grande qualidade em você, Cecilia: a consciência de seu próprio valor. Acredita que alguém olharia para você se não fosse a filha de Pat Brady?

Já não encaramos abusos da mesma maneira que nossas mães: lembranças como essa pouco significam hoje em dia.

Aconselham-nos a abrir os olhos, que pretendem casar-se com nosso dinheiro ou vice-versa. Tudo muito mais simples. Não é assim que se costuma dizer.

Mas, ao ligar o rádio e sentir o carro entrando pelo Laurel Canyon ao som de "The Thundering Beat of my Heart", passei a não acreditar no que ele dissera. Eu tinha umas formas bem razoáveis, exceto, talvez, pelo meu rosto redondo demais. Gostavam de acariciar minha pele, eu tinha pernas bonitas e não precisava usar sutiã. Meu gênio pode não ser dos melhores, mas quem era Wylie para me censurar?

– Não acha que estou bem esta manhã? – perguntei.

– Está... para o homem mais ocupado da Califórnia. Ele gostará. Por que não foi acordá-lo às quatro da manhã?

– Boa ideia. À noite fica muito cansado depois de passar um dia inteiro vendo gente, algumas até bem bonitas. Pela manhã tenho oportunidade de marcar minha presença.

– Não gosto disso. É sedução.

– E o que você tem com isso? Não seja indelicado.

– Te amo – disse, sem muita convicção. – Te amo mais que a teu dinheiro, que é muito. Talvez teu pai me promovesse a supervisor.

– Seria capaz de me casar com o homem mais sem importância do mundo.

Girei o botão e ouvi "Gone" ou "Lost" – boas músicas do ano. As canções estavam ficando melhores outra vez. Na época da depressão, elas não eram tão animadas; as melhores eram as dos anos 1920, como Benny Goodman tocando "Blue Heaven" ou Paul Whiteman em "When Day Is Done". Ouviam-se uns conjuntinhos, e só. Agora quase todas me agradavam, menos papai cantando "Little Girl, You've Had a Busy Day", na tentativa de criar um sentimento familiar entre nós dois.

"Gone" e "Lost" não condiziam com meu estado de espírito: mudei de estação e parei em "Lovely to Look at". Virei-me para trás ao atravessarmos a crista das colinas mais baixas – o ar estava tão limpo que as folhas na Sunset Mountain eram distinguíveis cerca de 3 quilômetros à frente. É uma coisa que espanta em alguns momentos: ar sem obstáculos ou complicações. Ar, somente.

– Lovely to look at de-lightful to know-ow – cantei.

– Vai cantar isso para Stahr? – perguntou Wylie. – Se for, veja se consegue acrescentar um pedaço que diga que sou bom supervisor.

– Ah, isso vai ser só entre mim e Stahr. Vai me olhar e pensar: "Incrível não ter jamais reparado nela."

– Esse diálogo já está ultrapassado.

– Então dirá "Cecilinha", como na noite do terremoto. Dirá que não tinha notado que eu já era mulher.

– Nem precisa se esforçar, Cecilia.

– Ficarei parada, mas estarei resplandecente. Depois que tiver me beijado paternalmente...

– Está contando meu roteiro – lamentou Wylie. – O que amanhã deveria mostrar a ele.

– Vai sentar e, com o rosto nas mãos, dirá que nunca pensou que isso pudesse acontecer entre nós.

– Quer dizer que acontece alguma coisa durante o beijo?

– Estarei resplandecente, já lhe disse. Quantas vezes preciso dizer que estarei resplandecente?

– Parece-me uma coisa muito chata. Vamos deixar essas ideias de lado, tenho muito trabalho pela manhã.

– Aí ele dirá que sempre desejou que isso acontecesse.

– Ligação comercial. É o sangue de produtor que corre em suas veias. – Fingiu sentir um calafrio. – Deus me livre de uma transfusão dessas.

– Aí ele diz...

– O papel dele eu sei de cor. Gostaria de saber o que dirá você.

– "Vem alguém aí" – comecei.

88

– Então dá um salto do colo dele, endireitando a saia.
– Mais uma dessas, eu salto e volto para casa.

Estávamos em Beverly Hills, agora ainda mais bonita, cheia de pinheiros havaianos. Hollywood é uma cidade perfeitamente dividida em zonas econômicas: chefões e diretores moram num bairro, técnicos em outros, extras em outros. Aquela parte emplastrada de luxo era destinada aos diretores-executivos. Embora sem o romantismo de uma cidade da Virgínia ou de New Hampshire, parecia bonita essa manhã.

"Perguntaram-me como podia saber", era a canção que o rádio tocava, "que meu amor era sincero".

Meu coração estava em chamas, meus olhos, embaçados, porém imaginava que tivesse cinquenta por cento de chances. Caminharia como se fosse passar por dentro dele ou beijá-lo na boca – e pararia pertinho, dizendo "Olá" como uma confissão que o desarmasse.

Foi o que fiz – embora, é claro, não tenha saído como pretendia: os belíssimos olhos escuros de Stahr fixaram-se nos meus sabendo tudo – tenho certeza de que sabia o que eu estava pensando –, sem ficar nem um pouco encabulado com isso. Permaneci lá durante uma hora, acho, sem me mover; o máximo que ele fez foi torcer o canto da boca e colocar as mãos nos bolsos.

– Gostaria de ir comigo ao baile, hoje à noite? – perguntei.
– Qual baile?
– O dos roteiristas, no Ambassador.
– Ah, sim. – Pensou um instante. – Não poderei ir; talvez volte tarde, há uma pré-estreia surpresa em Glendale.

Tudo tão diferente do que planejara!... Quando se sentou, avancei e coloquei minha cabeça entre seus telefones, feito um apêndice da mesa, olhando para ele. Seu olhar veio cheio de bondade, mais nada. Os homens não sabem que há certas horas em que uma mulher pode ser conquistada com um nada. O máximo que consegui incutir nele foi:

– Por que não se casa, Cecilia?

Talvez trouxesse Robby outra vez e tentasse bancar cupido.

– Que devo fazer para atrair a atenção de um homem interessante? – perguntei.

– Diga-lhe que o ama.

– Devo persegui-lo?

– Sim – respondeu, sorrindo.

– Fico insegura. Não sei se lhe agrado.

– Eu, por exemplo, seria capaz de me casar com você – disse inesperadamente. – Vivo muito sozinho. Acontece que já estou velho demais para tentar qualquer experiência nova.

Rodeei a mesa e fiquei de pé a seu lado.

– Tente comigo.

Olhou-me surpreso; só então compreendeu a extensão de meus desejos.

– Ah, não – disse ele, com a aparência de um pobre miserável. – Só namoro filmes. Tenho pouco tempo... – corrigiu-se. – Nenhum tempo. Seria como casar-se com um médico.

– Jamais me amaria?

– Não é isso – disse. Completou com uma frase que eu imaginara, embora com outro sentido. – Nunca pensei em você nesses termos, Cecília. Conheço-a há tanto tempo... Tinham me dito que ia casar-se com Wylie White.

– E você... não teve nenhuma reação?

– Tive, sim. Ia conversar com você sobre isso, aconselhá-la que esperasse uns dois anos, até ele se firmar.

– Isso nunca me passou pela cabeça, Monroe.

Tal como imaginara, alguém entrou na sala – a única diferença estava em que, tenho certeza, Stahr apertara um botão.

Aquele instante para mim – a Srta. Doolan de caderninho à mão – representa o fim de minha infância, época em que se perde a vontade de ir ao cinema. Quando olhava para Stahr, não era ele que via, mas um filme a seu respeito: olhos brilhantes, cheios de compreensão sofisticada e que se escondiam, por vezes, atrás de milhões de planos e tramas; um rosto maduro o bastante para esconder possíveis angústias e aborrecimentos sob uma aparência ascética de luta interior ou de uma enfermidade prolongada. Achava-o mais bonito que qualquer morenão, de Coronado a Del Monte. Fora ele o filme que encantara minha adolescência.

Isso tudo contei para Wylie White. Quando uma garota fala a um pretendente a respeito do "outro", então é porque está amando de verdade.

NOTEI AQUELA MOÇA antes que Stahr chegasse ao baile. Não era bonita, não existe disso em Los Angeles: sendo padronizadas, parecem feitas em série. Também não era ainda uma beleza profissional, dessas que parecem querer sugar o ar de todo mundo, de forma que quem quiser respirar – mesmo os homens – seja obrigado a sair do ambiente. Era uma jovem comum, pele de anjinho de Rafael e atitudes que nos faziam procurar descobrir se eram devidas a qualquer coisa que estivesse usando.

Reparei nela, depois esqueci. Ela estava sentada numa mesa atrás das pilastras, ornamentada por uma quase-estrela já meio velha que, tentando ser notada e comentada, vez ou outra se levantava e saía dançando com uns rapazes malvestidos. Isso me lembrou, envergonhada, de meu primeiro baile, mamãe obrigando-me a dançar repetidamente com o mesmo rapaz, só para que me notassem. A quase-estrela conversou com várias das pessoas que se encontravam à nossa mesa, mas estávamos ocupados bancando gente de Café Society e ninguém lhe deu maior atenção.

Em nossa perspectiva, achávamos que todos estavam querendo alguma coisa.

– Tem-se que bancar o esperto – disse Wylie – como antigamente. Quando descobrem que estamos prevenidos, perdem a coragem. Por isso é que se usa esse ar superior: a única maneira de manter o autorrespeito é agindo feito os personagens de Hemingway. No fundo, essa gente sente por nós um ódio dolorido que você conhece.

Tinha razão. Sabia que, desde 1933, os ricos só se sentiam felizes quando estavam em grupo.

Vi Stahr chegar, sob a luz fraca que iluminava o alto da larga escadaria, e lá ficar parado, mãos nos bolsos, olhando em volta. Já era tarde e as luzes pareciam mais fracas. O espetáculo cômico terminara, embora ainda houvesse um sujeito passeando com um letreiro que dizia que Sonja Henie estava disposta a patinar em sopa quente, à meia-noite, no Hollywood Bowl. Há uns poucos anos, haveria bêbados esbarrando em todo mundo. A tal atriz murcha vagava o olhar por cima dos ombros de seus pares. Numa hora em que voltou para a mesa, acompanhei-a com os olhos...

...e, para surpresa minha, lá vi Stahr, conversando com a outra moça. Sorriam um para o outro como se aquilo fosse o começo do mundo.

Quando parado no topo das escadas, minutos atrás, Stahr não podia esperar nada disso. A "pré-estreia surpresa" o decepcionara e, em seguida, tivera uma briga com Jacques La Borwitz em frente ao cinema, embora estivesse arrependido agora. Resolvera sentar-se com os Brady quando viu Kathleen no meio de uma longa mesa branca, sozinha.

Tudo se transformou imediatamente: ao se encaminhar para ela, as pessoas sumiram e a mesa transformou-se num oráculo onde fiéis rezam a sós. Sentiu-se vivificado, capaz de ficar para sempre em frente a ela, observando-a e sorrindo-lhe.

Voltando os ocupantes da mesa, Stahr e Kathleen foram dançar.

Ao tê-la próxima de si, as diversas visões dela confundiram-se: momentaneamente, tornava-se irreal. Sentir de perto a cabeça de uma mulher em geral a torna real; desta vez, não: Stahr continuava embevecido enquanto rodavam pelo salão. No intervalo entre uma dança e outra, pararam em frente a uma vidraça; o rosto dos pares parecia-lhes familiar, nada mais. Aqui ele começou a falar, rápida e urgentemente:

– Qual é o seu nome?
– Kathleen Moore.
– Kathleen Moore – repetiu ele.
– Não tenho telefone, se é o que quer saber.
– Irá ao estúdio?
– É impossível. Sinceramente.
– Por quê? É casada?
– Não.
– Não é casada?
– Não, nunca fui. Mas talvez venha a ser.
– Alguém lá da mesa?
– Não – ela riu. – Que curiosidade!

Não obstante, o interesse era mútuo. Seus olhos convidavam-no para uma comunicação romântica de intensidade incrível. Como se o percebesse, disse, atemorizada:

– Tenho que voltar para a mesa. Prometi essa dança.
– Não quero perdê-la. Não poderíamos marcar para jantarmos ou almoçarmos juntos qualquer dia?
– Impossível. – Sua expressão, entretanto, emendou um "talvez, ainda há uma brecha, se conseguir se esgueirar... o tempo é pouco". – Preciso voltar – repetiu em voz alta. Deixou cair os braços e parou de dançar, olhando para ele; uma audácia risível: – Não consigo respirar direito quando estou com você – disse e se virou, segurando o vestido longo e se afastando da janela. Stahr seguiu-a até deter-se perto da mesa. – Obrigada pela dança – disse ela. – E, agora, boa noite.

Afastou-se quase correndo.

Stahr foi para a mesa onde o esperavam e sentou-se com a turma Café Society: gente de Wall Street, Grand Street,

Loudon County, Virgínia, e Odessa, Rússia. Falavam entusiasmados de um cavalo velocíssimo e o Sr. Marcus parecia o mais entusiasmado. Stahr pensou que os judeus talvez tivessem o cavalo como um símbolo: durante anos, os cossacos estiveram montados e os judeus, a pé. Agora possuíam cavalos e isso lhes dava um sentimento de bem-estar e poder extraordinários. Fingia ouvi-los, balançando a cabeça quando tocavam em seu nome: o tempo inteiro ficou observando a mesa por trás das colunas. Se não tivesse acontecido tudo daquela maneira, mesmo a ligação entre o cinto de prata e a outra moça, talvez acreditasse ser um interesse pré-fabricado. Não era, sabia. Sentiu que lhe escapava uma vez mais – a pantomima na outra mesa significava adeus: ela ia sair, ia embora.

– Ali – disse Wylie White, maliciosamente – vai Cinderela. Basta levar o sapatinho à Sapataria Regal, South Broadway nº 812.

Stahr alcançou-a no vestíbulo. Mulheres de meia-idade espalhavam-se pelas poltronas, observando os que entravam para o salão de danças.

– Está indo embora por minha causa? – Stahr perguntou.

– De qualquer maneira tinha que ir – respondeu. Acrescentou, quase ressentida: – Me encaravam como se tivesse dançado com o Príncipe de Gales. Um homem pediu para pintar meu retrato, outro queria encontrar-se comigo amanhã.

– Eu também – disse Stahr, gentilmente –, porém mais vezes do que ele.

– Que impertinência – disse, meio aborrecida. – Saí da Inglaterra porque achava que os homens de lá eram dominadores, pensando que aqui fossem diferentes. Não lhe basta saber que não quero vê-lo?

– Mais ou menos. Por favor, creia, não sou dado a esse tipo de papel. Estou me sentindo um tolo. Mas preciso vê-la novamente e conversar com você.

Ela hesitava:

— Não vejo razão para se sentir tolo. Você é bastante homem para saber que não é tolo. Mas precisa encarar as coisas como são.

— E como são?

— Está apaixonado por mim, completamente. Fica imaginando coisas.

— Tinha esquecido você — declarou — até entrar por aquela porta.

— *Achou* que tinha esquecido. Desde a primeira vez que nos vimos sabia que era o tipo de homem a quem agrado...

Calou-se. Perto, um casal se despedia: "Diga a ela que mando lembranças... diga-lhe que gosto muito dela" — falou a mulher — "de vocês dois... de todos vocês... das crianças". Stahr não conseguiria falar naquele tom, como falavam todos, agora. Caminhando para o elevador, não sabia o que dizer, exceto:

— Acredito que tenha toda razão.

— Admite, então?

— Não, não admito nada. É que você me confunde: o que diz, sua maneira de andar, sua aparência aqui e agora... — Viu que ela titubeava: suas esperanças cresceram. — Amanhã é domingo e geralmente também trabalho; mas se existe alguma coisa em Hollywood que deseje ver, alguém que tenha vontade de conhecer, deixe que seja por meu intermédio.

Estavam em frente ao elevador, mas ela não entrou.

— Você é muito modesto — disse. — Convida para ver o estúdio ou para me levar para passear. Você nunca fica sozinho?.

— Amanhã vou me sentir muito só.

— Oh, coitadinho, que comovente! Acho que vou chorar. Podendo ter todas as estrelas a seus pés, escolheu a mim.

Ele sorriu: era a pura verdade.

O elevador voltou e ela fez-lhe sinal para que esperasse.

— Sou uma mulher fraca — disse. — Se marcarmos um encontro amanhã, promete me deixar em paz? Não, sei que não.

Seria pior. Não adiantaria nada, só pioraria a situação, por isso eu lhe digo que não, muito obrigada.

Entrou no elevador. Stahr também entrou e, ao saltarem dois andares abaixo, no saguão cheio de lojinhas, sorriram. Do lado de fora, contida pela polícia, a multidão de cabeças se espremia na tentativa de olhar quem saía. Kathleen arrepiou-se.

– Pareciam tão esquisitos quando entrei – disse ela –, como se estivessem furiosos comigo, por não ser ninguém famoso.

– Conheço outra saída – disse Stahr.

Passaram por dentro de uma *drugstore*, atravessaram um corredor e desembocaram no estacionamento sob uma bonita noite fresca da Califórnia. Ele sentiu-se desligado do baile; ela também.

– Muitos artistas viveram por aqui – disse ele. – Naqueles bangalôs ali, John Barrymore e Pola Negri. Mais para cima da rua, num prédio alto e fino, morou Connie Talmadge.

– Ninguém mais mora aqui?

– Os estúdios mudaram-se para os arredores, para o que, na época, eram os arredores da cidade. Houve tempo em que andei me divertindo por aqui.

Não confessou que havia dez anos Minna e sua mãe tinham vivido perto dali.

– Qual é sua idade? – perguntou ela, de repente.

– Perdi a conta; uns 35, acho.

– Na mesa contaram que foi um menino-prodígio.

– Isso serei quando tiver 60 – disse, sério. – Vai se encontrar comigo amanhã, não vai?

– Vou – respondeu. – Onde?

Subitamente, parecia não haver um lugar onde pudessem encontrar-se. Ela não queria ir a uma festinha na casa de quem quer que fosse, ou ao campo, ou nadar; muito menos – embora hesitasse – a um restaurante famoso. Era difícil contentá-la; devia haver uma razão para isso, sabia, e descobriu-a a tempo:

talvez fosse irmã ou filha de alguém famoso e quisesse ocultá-lo. Sugeriu que fosse até sua casa, lá decidiriam.

– Não serve – disse ela. – Que tal aqui mesmo? O mesmo lugar.

Aceitou, apontando-lhe o alpendre onde estavam.

Acompanhou-a até seu pequeno automóvel de segunda mão e esperou-a partir. Na entrada do hotel, um frêmito atacou a multidão ao aparecer uma de suas celebridades favoritas, e Stahr ficou em dúvida se deveria voltar para se despedir.

AQUI SOU EU, Cecilia, que retomo a narrativa. Stahr voltou, finalmente (devia passar de três e meia), e me tirou para dançar.

– Como vai? – perguntou-me, como se não tivéssemos nos visto pela manhã. – Estive ocupadíssimo conversando com um sujeito.

Queria manter tudo em segredo – era realmente uma coisa importante para ele.

– Levei-o para dar uma volta de automóvel – continuou, inocentemente. – Não imaginava que esta parte de Hollywood tivesse mudado tanto.

– Mudou, é?

– Mudou, sim. Completamente. Está irreconhecível. Não consigo lembrar exatamente em que pedaços, mas está bem modificada – tudo. Parece uma outra cidade. – Depois de um minuto, completou: – Nem imaginava quanto ela se modificara.

– Quem era o sujeito? – aventurei-me a perguntar.

– Um velho amigo – respondeu vagamente. – Alguém que conheci faz muito tempo.

Tinha pedido a Wylie que descobrisse quem era ela. Ele foi, e a ex-estrela convidou-o a sentar. Não, ela não sabia quem era a moça – amiga de uma amiga de não sei quem. Nem o rapaz que a trouxera sabia quem era.

Stahr e eu dançávamos ao som de Glenn Miller: "I'm on a See-Saw". O salão estava bom para se dançar, meio vazio. Permanecia, porém, solitário – mais que antes de ela ir embora. Tanto para mim quanto para Stahr, ela levara a noite consigo; roubara minha dor estável e deixara o enorme salão vazio e desinteressante. Não havia mais nada. Estava dançando com um homem distante que me falava sobre as transformações urbanas de Los Angeles.

Encontraram-se, na tarde seguinte, como dois estranhos num país desconhecido. A noite passada desaparecera e, com ela, a moça com quem dançara. Ao seu encontro veio um estranho chapéu rosa e azul com um veuzinho esvoaçante. Também Stahr parecia um estranho, terno marrom e gravata preta que o inibiam mais do que em um jantar formal, ou quando não passava de um rosto e uma voz na escuridão, como na noite em que se conheceram.

Foi ele quem primeiro a reconheceu como a mesma pessoa de antes: a testa luminosa de Minna, têmporas macias e fronte opalescente – e o cabelo ondulado, cor de cacau. Poderia ter passado o braço em volta de seus ombros e isso só o faria senti-la ainda mais familiar. Já conhecia a curva de seu pescoço, as ondulações de sua espinha, o canto de seus olhos e sua maneira de respirar – sabia, até, a textura das roupas que usava.

– Está aqui desde ontem? – perguntou ela, numa voz que parecia um sussurro.

– Não movi um músculo, nem pisquei.

O problema continuava: aonde ir?

– Estou com vontade de tomar chá – sugeriu ela. – De preferência, num lugar onde não o conheçam.

– Até parece que um de nós tem má reputação.

– Não é mesmo? – Ela riu.

– Então vamos a um lugar à beira-mar – sugeriu Stahr. – Conheço um que tem uma foca amestrada que uma vez saiu atrás de mim para me fazer pagar a conta.

– Ela seria capaz de nos fazer um chá?

– Bem, amestrada ela é. Só não se deve exigir que ela converse, acho que ainda não aprendeu. Afinal, o que está querendo esconder?

– O futuro, talvez – respondeu, após um minuto, de um jeito que podia estar querendo dizer tudo ou não estar querendo dizer nada.

Quando se afastavam, ela apontou para seu calhambeque, parado no estacionamento:

– Acha que não há perigo?

– Claro que há. Notei uns estrangeiros barbudos rondando por aí.

Kathleen olhou para ele, alarmada:

– Sério? – Notou que ele sorria. – Acredito em tudo o que diz. Parece uma pessoa tão gentil que não consigo compreender por que têm tanto medo de você. – Examinou-o com aprovação, fazendo uma pequena restrição à sua palidez, acentuada pela tarde clara. – Trabalha muito? Verdade que trabalha aos domingos?

Correspondeu ao interesse dela – impessoal, ainda que não superficial:

– Nem sempre. Quando tínhamos... Tivemos uma casa com piscina, recebíamos aos domingos. Jogava tênis e nadava. Hoje, não nado mais.

– Por quê? Faz bem. Pensei que todos os americanos nadassem.

– Fiquei com as pernas muito finas, isso me encabula. Fazia muitas outras coisas, um monte de coisas. Quando criança, e mesmo aqui, gostava de jogar vôlei. A quadra lá de casa acabou durante uma tempestade.

– Você tem bom corpo – disse, num elogio formal; o que, na verdade, queria dizer é que era um magro elegante.

Rejeitou o elogio, balançando a cabeça:

– Prefiro trabalhar. Gosto do que faço.

– Sempre se interessou por cinema?

– Não. Quando jovem, queria ser um prior de convento religioso, desses que sabem onde ficam as coisas.

Ela sorriu:

– Que estranho. Agora você é bem mais do que isso.

– Não, continuo sendo um chefe religioso. Meu dom, se tenho algum, é esse. Quando cheguei ao que sou descobri que ninguém sabia onde estava nada. E descobri que era preciso saber por que as coisas estavam onde estavam e se deviam continuar lá. Começaram a jogar tudo para cima de mim e isso deu um trabalho danado. Em pouco tempo, todas as chaves estavam em minhas mãos. E ninguém mais saberia a qual fechadura pertenciam, se as devolvesse.

Pararam num sinal vermelho e um jornaleiro passou gritando: "Mickey Mouse assassinado! Randolph Hearst declara guerra à China!"

– Temos que comprar esse jornal – disse ela.

Ao arrancarem, segurou o chapéu e ficou tensa. Notando que a olhava, sorriu.

Era atenta e calma, qualidades quase sempre excepcionais. Havia muita preguiça no ar – a Califórnia estava cheia de desocupados. Havia, ainda, homens e mulheres tensos que, em espírito, viviam no Leste enquanto perdiam a batalha contra o clima. Mas era segredo geral a dificuldade de um esforço pertinaz aqui – segredo de que Stahr, vagamente, admitia participar; sabia, no entanto, que o pessoal de outros lugares ainda tinha um pouco de energia, por enquanto.

Tratavam-se gentilmente, agora. Ela não se movera ou fizera um só gesto que destoasse de sua beleza, que pudesse decepcioná-lo. Tudo nela era equilibrado. Analisava-a como a uma cena de filme. Não era de má qualidade, confusa: era clara – no sentido especial da palavra, que implicava equilíbrio, delicadeza e estética; era uma coisa boa.

Chegaram a Santa Monica, repleta de mansões de estrelas, e começaram a descer em direção ao céu e ao mar azul; prosseguiram pela estrada que beirava a praia, até que esta se transformasse em penhascos.

– Estou construindo uma casa lá para a frente – disse Stahr. – Bem mais para a frente. Não sei bem por que a estou construindo.

– Talvez para mim – disse ela.

– Talvez.

– Acho que foi ótimo para você construir uma casa enorme para mim sem saber como eu era.

– Não é tão grande assim. E está sem telhado. Não sabia que tipo de telhado você queria.

– Não precisamos de teto. Me contaram que aqui nunca chove, que...

Foi tão súbito seu silêncio que teve certeza de que ela se lembrara de alguma coisa.

– Não foi nada, já passou – disse ela.

– Que foi? Alguma outra casa sem teto?

– Sim. Uma outra casa sem teto.

– Foi feliz lá?

– Vivi com um homem – ela falou – durante muito, muito tempo. Tempo demais. Um desses enganos terríveis que a gente comete. Continuei com ele ainda por muito tempo depois da vontade de ir embora, porque não me deixava ir. Tentou, mas não conseguiu: acabei fugindo.

Ouvia-a pesando as palavras, mas sem julgá-la. Sob o chapéu rosa e azul nada se modificara. Estaria com uns 25 anos, no máximo. Teria sido uma pena se ela já não tivesse amado e sido amada.

– Éramos íntimos. Provavelmente teríamos filhos, que nos uniriam ainda mais. Mas não se pode ter filhos quando a casa está sem teto.

Pronto, já sabia algo a seu respeito. Já não seria como na noite anterior, alguma coisa se repetindo feito numa discussão sobre personagens: "Não se sabe nada da moça. Não se precisa saber muito – mas precisa-se saber alguma coisa." Já tinha um passado que, embora vago, era mais real do que a cabeça de Shiva ao luar.

Entraram no restaurante, mas estava cheio demais. Ao saírem, a foca amestrada deu um rugido para Stahr, como que se lembrando dele. Seu dono contou que ela não aceitava viajar no banco traseiro do automóvel, embora sempre entrasse por trás e, dali, pulasse para o banco da frente. Era notória sua submissão ao animal, embora ele próprio não a sentisse.

– Gostaria de ver a casa que está construindo – disse Kathleen. – Não quero chá, faz parte do passado.

Kathleen bebeu uma Coca-Cola e viajaram 15 quilômetros por um sol tão forte que se viu obrigado a tirar os óculos escuros de dentro do porta-luvas. Mais 8 quilômetros e saíram da estrada, dirigindo-se a um promontório: lá ficava o esqueleto da casa de Stahr.

Um vento, soprando do lado oposto ao do sol, jogou areia e pedrinhas sobre o automóvel. Uma misturadora de concreto, madeiras e outros materiais aguardavam o fim do domingo. Andaram pela frente da construção, onde toscas pilastras indicavam o que seria o terraço.

Ela mirou as magras colunas e tremeu fracamente diante do resplendor estéril. Stahr viu tudo:

– Não adianta procurar o que não está aqui – disse alegremente. – Imagine-se sentada sobre um desses globos de geografia; quando menino, sempre quis ter um.

– Entendo – disse, após calar-se por um minuto. – A gente, assim, pode sentir o mundo se mover, não é isso?

Ele concordou.

– É. De outra maneira, tudo é *mañana*; fica-se esperando a manhã ou a lua.

Entraram, passando sob um andaime. Uma das dependências, destinada a ser o salão principal, estava praticamente pronta, inclusive já com a parede de estantes, suportes para cortinas e um alçapão onde ficaria o projetor cinematográfico. Para surpresa dela, a varanda em frente tinha várias cadeiras estofadas e uma mesa de pingue-pongue. Abaixo num gramado, uma outra.

– Semana passada dei um banquete meio precipitado – admitiu. – Alguns pedaços estavam quase prontos, o gramado inclusive, e quis sentir com que aspecto ficariam.

Ela deu uma gargalhada súbita:

– E aquilo é grama de verdade?

– Claro que é.

Mais além do gramado, uma escavação para a piscina abrigava um monte de gaivotas, que voaram ao vê-los.

– Vai viver sozinho aqui? – perguntou. – Nem umas dançarinas?

– Provavelmente. Antes fazia planos, agora não faço mais. Achei que seria um lugar ideal para ler roteiros. Meu lar é o estúdio.

– Foi exatamente isso que me contaram dos homens de negócios americanos.

Sentiu uma pitada de crítica em sua voz.

– Cada um faz o que sabe – respondeu gentilmente. – Há um mês, alguém vem tentando me reformar, me dizendo que estarei um fóssil quando parar de trabalhar. Não é tão simples assim.

O vento se tornava mais forte. Era melhor partir. Sacudia as chaves do automóvel, distraído. Nessa hora, o chamado metálico de um telefone chegou até eles.

Não vinha da casa, e eles começaram a correr de um lado para outro do jardim, feito crianças brincando de chicotinho queimado, até chegarem ao que parecia uma caixa de ferramentas, perto do campo de tênis. O telefone continuava soando, preguiçoso. Stahr hesitava:

– Deixo essa porcaria continuar tocando?
– Eu não seria capaz. A não ser que soubesse quem era.
– Deve ser para outra pessoa ou um engano brutal.

Tomou o aparelho:

– Alô... Interurbano de onde? Sim, aqui é o Sr. Stahr.

Sua atitude mudou, perceptivelmente, e ela viu o que poucas pessoas tinham visto por uma década: Stahr impressionado. Não chegava a espantar porque era comum vê-lo fingindo estar impressionado, porém, momentaneamente, tornou-se mais jovem.

– É o presidente – disse, quase inflexível.
– O da sua companhia?
– Não, o dos Estados Unidos.

Tentava aparentar naturalidade diante dela, mas sua voz estava tensa:

– Está bem, esperarei – disse ao telefone. Depois, para Kathleen: – Já falei com ele antes.

Ela observava-o. Ele lhe sorriu e piscou um dos olhos, como para mostrar que, embora dando o máximo de sua atenção a isto, não a esquecera.

– Alô – disse outra vez. Escutou. Disse "alô" novamente e franziu a testa: – Pode falar um pouco mais alto? – pediu, polidamente; e depois: – Quem?.. Que é que foi?

Ela viu-o aborrecer-se.

– Não quero falar com ele. Não! – E, virando-se para Kathleen: – Acredite se quiser, mas é um orangotango. – Calou-se enquanto lhe explicavam alguma coisa e, depois, repetiu: – Não quero falar com ele, Lew. Nada que pudesse dizer interessaria a um orangotango.

Chamou Kathleen e, quando ela se aproximou do telefone, segurou-o e ela pôde ouvir do outro lado uma respiração pesada e uns rugidos esquisitos. Depois, uma voz:

– Não é brincadeira, Monroe. Ele fala e é um perfeito substituto para McKinley. O Sr. Horace Wickersharn está aqui comigo, com uma foto de McKinley na mão...

Stahr ouvia pacientemente.

– Temos um chimpanzé – disse após um minuto – que, ano passado, mordeu um naco de John Gilbert... Está bem, ponha-o na linha outra vez.

Falou formalmente, como a uma criança:

– Alô, orangotango.

Seu rosto transformou-se. Virou-se para Kathleen:

– Ele disse alô.

– Pergunte-lhe o nome – sugeriu ela.

– Alô, orangotango (meu Deus, que coisa!). Sabe seu nome?... Parece que não sabe... Olhe aqui, Lew, não estamos filmando nada no estilo *King Kong*, e não há macacos em *O mono cabeludo*... Claro que tenho certeza. Desculpe, Lew, adeus.

Aborrecera-se com Lew porque pensara que fosse o presidente e modificara suas atitudes para atendê-lo. Sentia-se meio ridículo, mas Kathleen ficou com pena e passou a gostar mais dele, justamente por ter sido um orangotango.

Voltaram beirando a praia, o sol por trás. Ao deixarem-na, a casa parecia mais simpática, como se a visita a tivesse aquecido – o resplendor do lugar era mais fácil de suportar quando se tratava apenas de uma visita, como os astronautas que caminhavam na superfície brilhante da Lua. Numa curva, ao olharem para trás, viram o céu tornando-se róseo atrás da estrutura inacabada e a ponta do penhasco parecendo uma ilha, não sem uma promessa de mais um dia agradável no futuro.

Passada Malibu, com suas choupanas espalhafatosas e suas barcaças de pesca, sentiram-se humanos novamente, no centro de um engarrafamento, as praias assemelhando-se a formigueiros abandonados, exceto por uma ou outra cabeça que, de vez em quando, surgia no mar.

Aumentavam os rastros da cidade: cobertores, esteiras, sombrinhas, forasteiros, bolsas cheias de roupas – os prisioneiros tinham abandonado suas algemas sobre essa areia. O mar seria propriedade de Stahr, se assim o quisesse ou soubesse o que fazer com ele – só com permissão aquelas pessoas podiam aquecer seus pés e dedos nos reservatórios naturais e frios do mundo do homem.

Abandonaram a estrada costeira e subiram um desfiladeiro, pegando o caminho pela montanha. Desapareceram as pessoas. Aos poucos, a colina se transformava em cidade. Pararam para colocar gasolina, e ele ficou ao lado do carro.

– Poderíamos jantar – disse, quase ansiosamente.

– Não tem trabalho esperando por você?

– Não, não cheguei a planejar nada. Jantamos juntos?

Sabia que ela também não tinha nada para fazer – não planejara nenhum programa noturno ou lugar especial para ir.

Aceitou:

– Vamos àquele *drugstore* do outro lado da rua?

Ele observou o lugar e fez uma tentativa:

– É o que prefere?

– Gosto tanto de comer em *drugstores* americanos. Acho-os tão fantásticos e estranhos!...

Sentaram-se em banquetas altas, pediram sopa de tomate e sanduíches quentes. Aquilo era o mais íntimo que haviam experimentado até então, e ambos sentiram uma espécie de solidão perigosa, percebendo-a, também, um no outro. Juntos, partilharam cada canto do lugar, doce e amargo e ácido, o mistério da garçonete – cujas pontas do cabelo estavam pintadas enquanto as raízes permaneciam pretas – e, ao terminarem, o que restava em seus pratos: um pedaço de batata, picles cortados e um caroço de azeitona.

O entardecer ganhara a rua e, ao entrarem no carro, nada mais parecia sorrir para ele.

– Muito obrigado. Foi uma tarde agradabilíssima.

Não estavam longe da casa dela. Sentiram o começo da colina, e o barulho mais forte da segunda marcha significava o começo do fim. Os bangalôs já estavam com suas luzes acesas e ele ligou os faróis do automóvel. Sentia o estômago pesado.

– Sairemos juntos outra vez.

– Não – respondeu rapidamente, como se já esperasse isso. – Vou lhe escrever uma carta. Lamento ter sido tão misteriosa: foi por ter gostado muito de você. Não deveria trabalhar tanto. Devia casar-se outra vez.

– Ah, não diga isso – cortou ele, protestando. – Hoje só nós dois existimos. Pode ser que não tenha representado nada para você; para mim, significou muito. Gostaria de ter tempo para falar-lhe sobre isso.

Se precisava de tempo, deveria ser na casa dela, pois estavam chegando. Ela balançava a cabeça enquanto o carro parava na porta.

– Preciso entrar. Tenho um compromisso que me esqueci de lhe contar.

– Isso é mentira, mas não faz mal.

Acompanhou-a até a porta e parou no mesmo lugar da outra noite, enquanto ela mexia na bolsa à procura da chave.

– Achou?

– Achei.

Era o momento de entrar, mas queria vê-lo uma vez mais e virou a cabeça para a esquerda, depois para a direita, tentando reconhecer seu rosto contra o anoitecer. Virou-se muito, por tempo demais, e foi natural quando ele tocou seu braço e seus ombros e a puxou para si. Fechou os olhos, sentindo a chave dentro de sua mão fechada. Gemeu um "Oh" e, depois, novamente, ao senti-lo roçar o rosto no seu. Sorriam fracamente, e ela mantinha a testa franzida enquanto a pequena distância entre eles se dissolvia na escuridão.

Ao separarem-se, ainda balançou a cabeça, mais encantada do que em negação. Aconteceu, era culpa sua. Como poderia ter previsto isso? Acontecera, e a ideia de não mais vê-lo, de não estarem juntos, era pesada e inimaginável. Ele exultava; ela aceitava o fato sem culpá-lo, mas incapaz de participar de sua alegria, porque sentia que errara. Até onde podia ver, era um erro. Então, calculou que, se cortasse esse erro e se calasse, e entrasse, ainda não seria uma vitória. Seria, simplesmente, nada.

– Não queria isso – disse. – Absolutamente, não queria.

– Posso entrar com você?

– Oh, não... não.

– Então, entremos no carro e vamos para qualquer lugar.

Aliviou-se ao ouvir a frase exata – sair dali imediatamente: a ideia perfeita ou que parecia perfeita, como se estivesse fugindo do local de um crime. Logo estavam dentro do automóvel, descendo a colina com o vento fresco em seus rostos e, pouco a pouco, ela voltava a si. Tudo claro agora.

– Voltemos para sua casa na praia.

– Voltar até lá?

– Sim, voltemos para sua casa. Sem conversar. Quero apenas passear.

AO CHEGAREM NOVAMENTE ao litoral, o céu estava cinza e, em Santa Monica, um cheiro súbito de chuva soprou sobre eles. Stahr deu uma parada ao lado da estrada, colocou uma capa de chuva e levantou a capota de lona:

– Já temos um teto – disse.

O limpador de para-brisa fazia um ruidozinho doméstico, como um relógio antigo. Motoristas irritados deixavam as praias mornas e voltavam à cidade. Mais à frente, o carro de Stahr deparou com a neblina e a estrada perdia seus contornos; os faróis dos automóveis eram pontinhos vagos, até passarem por eles.

Para trás, tinham deixado parte de si mesmos, e isto os fazia sentirem-se livres e desenraizados dentro do carro. A neblina penetrava pelas frestas da janela e Kathleen tirou seu chapéu rosa e azul, colocando-o no banco de trás, sob um pedaço de lona, de tal maneira calma e sem pressa que Stahr olhou para ela fixamente. Depois, balançando a cabeça, livrando os cabelos; ao notar que ele a observava, sorriu.

O restaurante da foca amestrada tornara-se umas luzinhas fora do oceano. Stahr abaixou uma das janelas para ver melhor e, poucos quilômetros à frente, a neblina se dissolveu e surgiu o caminho para sua casa. De dentro das nuvens, a lua começou a aparecer. No mar, boiava ainda uma luz débil.

A casa dissolvera-se um pouco em seus próprios elementos. Encontraram a entrada e foram tateando e se equilibrando por cima de misteriosos objetos grandes em direção ao único compartimento terminado, que cheirava a serragem e madeira úmida. Quando a tomou nos braços, a obscuridade só lhes permitia ver seus próprios olhos. Nessa hora, a capa de chuva dele caiu no chão.

– Espere – disse ela.

Precisava de um minuto. Não via qualquer benefício que isso pudesse lhe trazer e, embora não a impedisse de ser feliz e cheia de desejo, necessitava desse minuto para situar-se, para voltar a uma hora atrás e descobrir como acontecera. Esperava nos braços dele, balançando a cabeça como fizera antes, só que agora mais devagar e sem tirar seus olhos dos dele. Foi quando descobriu que ele tremia.

Ele também notou, e deixou seus braços caírem. Imediatamente, ela começou a falar-lhe de modo provocante, puxando o rosto dele para junto do seu. Com os joelhos, então, esforçou-se para livrar-se de algo que, ainda de pé e enlaçando-o com um dos braços, empurrou para o lado da capa. Ele parou de tremer e abraçou-a novamente enquanto se ajoelhavam juntos, deitando-se no assoalho, sobre a capa.

Depois, continuaram deitados, calados, e ele sentiu-se tão cheio de ternura que a apertou com força até rasgar um pedaço de seu vestido. O barulhinho trouxe-os de volta à realidade.

– Deixe-me ajudá-la a levantar-se – disse, tomando suas mãos.

– Ainda não. Estava pensando numa coisa.

Deitada na escuridão, pensava irracionalmente que poderia ter um bebê inteligente e incansável. Deixou-o ajudá-la a levantar-se...

Ao voltar, o compartimento estava iluminado por uma lâmpada que pendia de um fio.

– Quer que apague?

– Não. Está bom assim. Quero ver você.

Sentaram-se na moldura da janela, as solas dos sapatos se tocando.

– Você parece estar longe – ela disse.

– Você também.

– Está surpreso?

– Com o quê?

– Que sejamos duas pessoas novamente. Não acredita sempre... não espera que a gente se torne uma pessoa só e termina descobrindo que continuamos sendo duas?

– Sinto-me muito próximo de você.

– Eu também – ela disse.

– Obrigado.

– Obrigada *digo eu*.

Riram.

– Era isso que queria? – perguntou ela. – Quero dizer, ontem à noite.

– Conscientemente, não.

– Gostaria de poder saber quando se concretizou – disse, meditativamente. – Há um momento em que isso tudo seria quase impossível, e um outro em que nada desse mundo seria capaz de impedir que acontecesse.

O halo de experiência que emanava do que dizia tornava-a ainda mais atraente para ele. Tendendo, apaixonadamente, a repetir o passado, ainda que não recapitulá-lo, pensava que só podia ser assim mesmo.

– Acho que sou mesmo é uma vagabunda – disse, seguindo seu pensamento. – Deve ter sido por isso que não me dei bem com Edna.

– Quem é Edna?

– A moça que você confundiu comigo. Aquela para quem telefonou, que vivia no alto da estrada. Ela se mudou para Santa Barbara.

– Quer dizer que ela era prostituta?

– Parece que sim. Foi para o que vocês chamam de casa de tolerância.

– Engraçado.

– Se fosse inglesa, teria descoberto logo. Mas parecia igual a todo mundo. Só me contou pouco antes de se mudar.

Viu-a ter um calafrio e levantar-se, colocando a capa sobre os ombros. Ele abriu um armário e uma pilha de travesseiros e coisas de praia caíram no chão. Achou uma caixa de velas e as acendeu pelo assoalho, ligando o aquecedor elétrico na tomada onde estava o fio da lâmpada.

– Por que Edna ficou com medo de mim? – perguntou ele de repente.

– Porque era um produtor. Ela teve uma experiência horrível com um, ou foi uma amiga dela quem teve. Além disso, acho que era muito burra.

– Como a conheceu?

– Foi ela quem puxou conversa. Talvez me achasse com cara de *companheira de viagem*. Parecia muito gentil. Dizia-me "chame-me de Edna" o tempo todo. "Por favor, me chame de Edna", até que, finalmente, chamei-a de Edna e ficamos amigas.

Afastou-se da janela para que ele pudesse colocar as almofadas.

– O que posso fazer? – disse ela. – Sou uma parasita.

– Não, não é não. – Passou os braços em torno dos ombros dela. – Deixe de bobagens, trate de aquecer-se.

Sentaram-se, quietos.

– Sei por que gostou de mim à primeira vista. Edna me contou.

– Que foi que ela disse?

– Que eu era parecida com Minna Davis. Muita gente já me disse isso.

Afastou-se dela e assentiu.

– É aqui – disse ela, colocando as mãos sobre a maçã do rosto e puxando a pele ligeiramente. – Aqui e aqui.

– É verdade – disse Stahr. – Foi muito estranho; você se parece mais com o que ela realmente era do que com a sua imagem no cinema.

Ela se levantou, mudando de assunto como se temesse falar disso.

– Já me aqueci – disse. Entrou no banheiro e perscrutou-o; saiu usando um aventalzinho, cujo estampado cristalino lembrava neve. Olhou em torno, criticamente: – É claro que acabamos de nos mudar – disse –, e há uma espécie de eco.

Abriu a porta da varanda, para onde empurrou duas cadeiras de vime, após enxugá-las. Ele a observava mover-se, propositadamente, ainda meio temeroso de que alguma parte do corpo o decepcionasse e o encanto se partisse. Estava acostumado a ver mulheres fazendo testes cinematográficos, a beleza evaporando-se a cada segundo feito uma estátua que começasse a caminhar com as pernas magricelas de uma boneca de pano. Kathleen, no entanto, apoiava-se firmemente sobre seus próprios pés – a fragilidade era, como devia ser, uma ilusão.

– Está parando de chover – disse ela. – No dia em que cheguei, também chovia. Uma chuva horrorosa, muito forte, cujo barulho lembrava cavalos relinchando.

Ele riu:

– Vai acabar gostando dela, especialmente se pretende ficar por aqui. Vai continuar aqui? Já pode me dizer agora? Qual é o mistério?

Balançou a cabeça:

– Agora, não, não vale a pena contar.

– Então venha cá.

Aproximou-se dele, que apertou o rosto contra o tecido frio do avental.

– Você é um homem cansado – disse, colocando a mão em seus cabelos.

– Não nesse sentido.

– Não é isso – falou ela, cortante. – Queria dizer que o acho capaz de trabalhar até ficar doente.

– Não banque a maternal – disse ele.

– Está bem. Que devo ser, então?

Seja uma vagabunda, pensou. Sentia vontade de desmanchar o que fora sua própria vida. Se ia morrer cedo, como haviam dito os dois médicos, queria deixar de ser Stahr por uns tempos e sair caçando amor feito os homens que nada têm para dar, feito os rapazes que lançam olhares compridos pelas ruas escuras.

– Está tirando meu avental – disse, gentilmente.

– Estou.

– Será que não ficou alguém andando pela praia? Não é melhor apagar as velas?
– Não, não apague as velas.

Depois, ela recostou-se na almofada branca e sorriu para ele.
– Sinto-me como Vênus saindo da água.
– Por que teve essa ideia?
– Olhe para mim. Não pareço Botticelli?
– Não sei – respondeu, sorrindo. – Se insiste, eu concordo.
Ela bocejou:
– Foi tudo muito bom. E gostei muito de você.
– Você é muito culta, não é?
– O que quer dizer com isso?
– Ah, percebi nas coisinhas que disse. Ou talvez na maneira de dizê-las.
Ela ponderou:
– Nem tanto. Nem cheguei a fazer universidade, se é o que queria dizer. Mas o homem de quem lhe falei sabia tudo e tinha verdadeira paixão por educar-me. Planejou tudo, obrigou-me a fazer cursos na Sorbonne e visitas a museus. Acabei aprendendo alguma coisa.
– Ele era o quê?
– Um pintor excelente e diabólico. E um monte de outras coisas. Queria me fazer ler Spengler – tudo girava em função disso. Toda história, filosofia e harmonia me serviriam para ler Spengler; aí eu o abandonei antes de chegarmos a Spengler. Por fim, eu já achava que era essa a razão principal para ele não querer me deixar ir embora.
– Quem era Spengler?
– Disse-lhe que não chegamos lá – riu ela. – E agora, estou esquecendo tudo muito pacientemente, porque, ao que tudo indica, jamais encontrarei outro como ele.

– Ah, mas não deveria esquecer – disse Stahr, chocado. Tinha um respeito enorme pela educação, uma memória racial da velha *schules*. – Não deveria esquecer.

– Era para compensar a falta de crianças.

– Poderia ensinar tudo a seus filhos.

– Acha que eu seria capaz?

– Claro que seria. Poderia ensinar isso tudo enquanto fossem jovens. Eu, quando desejo saber qualquer coisa, preciso perguntar a algum escritor bêbado. Não jogue tudo isso fora.

– Está bem – disse ela, levantando-se. – Transmitirei aos meus filhos. Mas é tão infinito; quanto mais se sabe, mais existe para aprender e assim por diante. Esse homem poderia ter sido alguma coisa na vida, não fosse covarde e tolo.

– Mas você o amava.

– Ah, sim, profundamente. – Olhou para a janela, piscando os olhos. – Está claro lá fora. Vamos descer até a praia.

Ele deu um pulo, exclamando:

– Meu Deus, acho que são os *grunions*!

– O quê?

– É esta noite. Todos os jornais noticiaram. – Correu para fora da casa e ela o ouviu abrir a porta do carro: voltou trazendo um jornal. – Será às dez e dezesseis: faltam cinco minutos.

– Um eclipse ou coisa parecida?

– Peixes muito pontuais – respondeu ele. – Tire seus sapatos e meias e venha comigo.

A noite estava belíssima e azul. Mudava a maré e, ao longo da praia, os peixinhos prateados esperavam pelas dez horas e dezesseis minutos. Poucos segundos após a hora marcada, vieram eles, trazidos pela maré, e Stahr e Kathleen adiantaram-se, sentindo-os se mexerem sob seus pés descalços. Um homem negro veio andando pela praia em direção aos dois, catando os *grunions* rapidamente, feito pedacinhos de pau, e jogando-os dentro de dois baldes. Vinham em duplas, trios, em pelotões e companhias, atropelando-se, exaltados e zombeteiros em volta dos grandes pés descalços dos intrusos, tal como fizeram antes que Sir Francis Drake depositasse sua insígnia num dos rochedos da praia.

– Precisava de outro balde – disse o negro, descansando um momento.

– Deve ter andado muito – comentou Stahr.

– Costumava ir a Malibu, mas aquela gente de cinema não gosta disso.

Uma onda mais forte obrigou-os a retrocederem e, voltando rapidamente, deixou a areia novamente viva.

– Vale a pena a viagem? – perguntou Stahr.

– Não me importo com isso. Vim mesmo foi para ler Emerson. Já o leu alguma vez?

– Eu já – disse Kathleen. – Alguma coisa.

– Está aqui, dentro de minha camisa. Trouxe também algumas leituras rosa-cruz, mas já conheço quase tudo.

O vento desviara-se um pouco – as ondas tornaram-se mais fortes na parte funda e eles começaram a andar pela beira d'água.

– Trabalha em quê? – perguntou o negro a Stahr.

– Trabalho para o cinema.

– Ah! – E acrescentou após um momento: – Nunca vou ao cinema.

– Por quê? – perguntou Stahr, incisivo.

– Não serve para nada. Nunca deixo meus filhos irem.

Stahr observava-o e Kathleen observava Stahr, protetoramente.

– Há bons filmes – disse, contra uma onda de respingos, mas não foi ouvida. Sentiu que podia contradizê-lo e repetiu-o: ele mirou-a indiferentemente.

– Os rosa-cruzes são contra o cinema? – perguntou Stahr.

– Parece que não têm muita certeza do que são *a favor*. Uma semana são a favor de uma coisa e, na próxima, a favor de outra.

Só os peixinhos eram certos. Meia hora se passara e continuavam vindo. Os baldes do negro estavam cheios e ele finalmente saiu da praia e foi para a estrada, inconsciente de haver abalado uma indústria.

Stahr e Kathleen voltaram para a casa, ela preocupada com a maneira de distraí-lo da tristeza momentânea.

– Pobre velho Sambo – disse ela.

– O quê?

– Vocês não o chamam de pobre velho Sambo?

– Não temos nenhuma denominação especial para eles. – Após um momento, disse: – Eles têm seus próprios filmes.

Na casa, colocou seus sapatos e meias diante do aquecedor.

– Prefiro a Califórnia – disse ela de forma deliberada. – Acho que andava sexualmente desnutrida.

– Não foi só por isso, foi?

– Você sabe que não.

– É bom estar perto de você.

Deu um suspiro ao levantar-se, tão de leve que ele não chegou a notar.

– Não quero perdê-la agora – disse. – Não sei o que pensa de mim ou se pelo menos pensa em mim. Como provavelmente já adivinhou, meu coração está sepultado – hesitou, tentando descobrir se isso era de fato verdade –, mas você é a mulher mais atraente que já conheci, desde não sei quando. Não consigo parar de olhar para você. Não sei exatamente qual a cor de seus olhos, mas eles me fizeram ter pena de todas as outras pessoas do mundo...

– Chega, chega! – gritou, rindo. – Vai me fazer ficar diante do espelho por semanas a fio. Meus olhos não têm cor alguma; são olhos para enxergar e sou a pessoa mais comum que alguém pode ser. Tenho bons dentes, para uma moça inglesa...

– Tem dentes belíssimos.

– ...mas não chego aos pés de qualquer das moças que tenho visto por aqui...

– Pare. O que eu disse é verdade, e olhe que sou um homem cauteloso.

Calou-se um momento, pensativa. Olhou para ele e depois para si própria; olhou novamente para ele e então desistiu do que estava pensando:

– Precisamos ir embora – disse.

Agora, ao retornarem, eram outras pessoas. Haviam passado pela estrada costeira quatro vezes hoje, cada uma delas um par diferente. Tinham deixado para trás curiosidade, tristeza e desejo; esse era um retorno de verdade – para si mesmos e para todo o seu passado e futuro, à beira da invasão do amanhã. Pediu-lhe que se sentasse próximo dele, no automóvel, e ela o fez, mas não pareciam tão juntos, pois para isso seria necessário que aparentassem estar cada vez mais perto um do outro. Nada estava firme. Sentia uma vontade enorme de convidá-la para ir dormir na casa que alugara, mas sentiu que daria a impressão de estar confessando-se solitário. Quando o automóvel começou a subir a colina que levava à sua casa, Kathleen procurou alguma coisa sob a poltrona.

– Perdeu alguma coisa?

– Talvez tenha caído para fora – disse, procurando dentro da bolsa, na escuridão.

– O que era?

– Um envelope.

– Era importante?

– Não.

Mas, ao chegarem à casa dela e estacionarem sob um poste, voltou a procurar sob a forração das poltronas.

– Não faz mal – disse ela, enquanto caminhavam para a porta. – Qual é o endereço de onde realmente mora?

– Bel-Air. Não tem número.

– Onde fica Bel-Air?
– É uma espécie de extensão de Santa Monica. Mas é melhor telefonar para mim no estúdio.
– Está bem... boa noite, Sr. Stahr.
– *Senhor* Stahr – repetiu, atônito.
Ela corrigiu-se, gentilmente:
– Bem, então, boa noite, Stahr. Está melhor assim?
Teve a sensação de estar sendo um pouco rejeitado:
– Como quiser – disse. Recusava-se a se deixar invadir pela indiferença. Continuava olhando-a e mexeu a cabeça para um lado e para outro, num gesto típico dela, dizendo sem palavras: "Você sabe o que aconteceu comigo." Ela sorriu e veio a seus braços: por um momento era completamente sua, outra vez. Antes que qualquer coisa se modificasse, Stahr sussurrou boa-noite, virou-se e voltou para o carro.

Em disparada pela colina abaixo, ouviu dentro de si algo de um compositor que desconhecia, algo poderoso, estranho e forte, que estaria sendo tocado pela primeira vez. O tema, agora, parecia estacionar, mas em seguida voltava a novos sons que impediam serem reconhecidos. Às vezes, vinha forte como as buzinas dos automóveis que subiam dos bulevares coloridos; outras, mal podia ser pressentido, um som abafado vindo da lua. Esforçava-se para ouvi-lo, sabendo unicamente que a música estava começando; música que lhe dava prazer e que não compreendia. Era difícil reagir ao que não poderia ser cronometrado – uma coisa nova e confusa, impossível de ser rompida ao meio e substituída por uma partitura antiga.

Também, e persistentemente, emparelhado com a outra, havia o homem negro na praia. Em casa, ele esperava por Stahr, os baldes cheinhos de peixes prateados, assim como, pela manhã, estaria esperando-o no estúdio. Dissera que não permitiria aos seus filhos ouvirem a história de Stahr. Era um preconceito, estava enganado, era preciso que alguém o esclarecesse, de algum modo. Um filme, muitos filmes, uma década de filmes devia ser feita para mostrar a ele como se enganava. Desde que o ouvira, Stahr abandonara quatro filmes de seus planos – um dos quais seria produzido aquela semana. Ainda que fossem filmes incertos, havia interesse neles; mas, submetendo-os ao negro, achou-os belas porcarias. E recolocou em sua lista uma película que já jogara aos lobos, a Brady, Marcus e o resto, para se ver livre. Salvara-a para o negro.

Ao estacionar em frente à porta, as luzes se acenderam e seu criado filipino desceu as escadas para colocar o carro na garagem. Na biblioteca, Stahr encontrou uma lista de telefonemas:

La Borwitz
Marcus
Harlow
Reinmund
Fairbanks
Brady
Colman
Skouras
Fleishacker etc.

O filipino entrou no compartimento trazendo uma carta:
– Caiu do automóvel – disse.
– Obrigado. Estava procurando.
– Vai cuidar de algum filme esta noite, Sr. Stahr?
– Não, obrigado, pode ir dormir.

A carta, para surpresa sua, estava endereçada ao Ilmo. Sr. Monroe Stahr. Começou a abri-la – logo ocorreu-lhe que ela a quisera de volta possivelmente para desfazer-se dela. Se tivesse telefone, ia pedir-lhe permissão antes de abrir. Mantinha-a nas mãos: fora escrita antes de seu encontro e o que quer que dissesse já não tinha validade. Agora não seria mais que a lembrança de um estado de espírito que já não mais existia.

Ainda assim, não queria lê-la sem pedir permissão. Guardou-a sob uma pilha de roteiros e sentou-se, apanhando o que estava por cima. Orgulhava-se de ter resistido ao impulso de abrir a carta. Parecia-lhe que isso provava não estar "perdendo a cabeça". Nunca perdera a cabeça com Minna, nem mesmo no começo – tinha sido uma partida sem excessos, digna de monarcas. Ela sempre o amara e, pouco antes de morrer, surpreso e contra sua própria vontade, vira sua ternura inflamar-se e passou a amá-la. Amou-a tanto que se sentiu morrer junto, num mundo em que ela fora trancada tão sozinha que teve vontade de acompanhá-la.

Mas "cair de quatro por uma mulher" nunca lhe parecera seu feitio – seu irmão tornara-se um trapo por uma delas, ou por uma que se seguiu a outra, que se seguiu a outra, que se seguiu a outra. Mas Stahr tivera-as uma vez e não mais que uma vez – como uma bebida. Era bem diverso o tipo de aventura que reservava para sua cabeça, algo bem melhor que uma série de emoções fugidias. Como muitos outros homens brilhantes, crescera frio. Começando mais ou menos aos 12, provavelmente com rejeição total, comum àqueles extraordinariamente inteligentes, deve ter dito a si próprio: "Olha aqui, isso tudo está errado... besteira... tudo mentira... uma fraude...", e assim varreu tudo isso de sua vida, como fazem os homens de seu tipo. E, então, em vez de ser um filho da puta como a maioria deles, e olhando a aridez que deixara para trás, dissera a si próprio: "*Isso* não resolve nada." E aprendera a tolerância, a bondade, a clemência e até o afeto como lições.

O rapaz filipino trouxe uma garrafa d'água e uma cesta com nozes e frutas. Stahr abriu o primeiro roteiro e começou a ler.

Leu durante três horas, parando de vez em quando para analisá-los, modificando-os mentalmente. Às vezes levantava os olhos, aquecido por algum vago pensamento alegre que não constava nos roteiros e que levava um minuto para lembrar-se qual fora. Descobria, então, que era Kathleen. E olhava para a carta – era gostoso possuir uma carta.

Eram três horas quando uma veia começou a pular nas costas de sua mão, indicando que era hora de parar. Kathleen agora estava realmente distante, dentro da noite que minguava – aspectos diversos dela ocuparam a memória de um único estranho errante, alimentaram-no durante umas poucas horas escassas. Pareceu-lhe não haver nada que o impedisse de abrir a carta.

Caro Sr. Stahr,

Dentro de meia hora nós nos encontraremos. Ao nos despedirmos, eu lhe entregarei esta carta. Escrevo-a para contar-lhe que deverei casar-me muito breve e que não me sinto capaz de voltar a vê-lo depois de hoje.

Isso deveria ter sido dito na noite passada, mas o senhor não pareceu querer ouvir. E pareceria tolo desperdiçar essa belíssima tarde contando-lhe tudo isso e vendo seu interesse murchar. Deixe que acabe de uma vez só, agora. Acredito já ter dito o bastante para convencê-lo de que não sou troféu de ninguém. (Aprendi há pouco essa expressão – daquela minha amiga de ontem à noite, que telefonou e ficou aqui durante uma hora. Ela acha que ninguém é troféu de ninguém – exceto você. Acho que ela queria que eu lhe contasse que ela pensa isso; então, se puder, arranje-lhe um emprego.)

Senti-me lisonjeada pelo fato de que uma pessoa que vive rodeada de mulheres bonitas...

Não posso terminar essa frase, mas o senhor sabe o que quero dizer. E chegarei atrasada a seu encontro se não sair agora.

Atenciosamente,
Kathleen Moore

A primeira reação de Stahr foi como a de medo; seu primeiro pensamento foi o de que a carta já não tinha validade: Kathleen chegara mesmo a tentar desfazer-se dela. Mas então lembrou-se do "Sr. Stahr" no fim do encontro e que ela pedira seu endereço – provavelmente já escrevera outra carta que também significaria adeus. Ilogicamente, chocara-o a indiferença da carta com o que acontecera depois. Leu-a novamente, compreendendo que não antevia coisíssima alguma. Ainda assim, na frente da casa, ela decidira deixar as coisas como estavam, menosprezando o que acontecera, não querendo aceitar que fora ele o único homem presente em sua consciência naquela tarde. Entretanto, nem nisso se sentia capaz de acreditar e a aventura começou a desmantelar-se à medida que a recapitulava. O automóvel, a colina, o chapéu, a música, a própria carta parecerem-lhe insólitos como o aspecto de sua casa em construção. E Kathleen partiu, levando com ela a recordação de seus gestos, a leveza de sua cabeça se movendo, a firmeza de seu corpo, seus pés descalços na morna areia formigante. Os céus empalideceram e desmaiaram – o vento e a chuva caíram com força e devolveram os peixes prateados ao mar. Fora somente um dia a mais e dele nada ficara senão a pilha de roteiros sobre a mesa.

Subiu. Minna morrera outra vez e ele a esquecia, hesitante e miseravelmente, a cada degrau que ia deixando para baixo. O andar vazio estendeu-se diante dele – portas por trás das quais ninguém dormia. Em seu quarto Stahr retirou a gravata, desamarrou os sapatos e sentou-se na cama. Tudo estava resolvido, menos uma coisa de que não conseguia lembrar-se; então, lembrou-se: o carro dela ainda estava no estacionamento do hotel. Acertou o despertador para se dar seis horas de sono.

Aqui é Cecilia que retoma a narrativa. Achei que seria mais interessante seguir meus próprios movimentos neste ponto, numa época de minha vida da qual tenho imensa vergonha. O que envergonha as pessoas normalmente dá ótimas histórias.

Quando mandei Wylie à mesa de Martha Dodd, ele não conseguiu descobrir quem era a tal moça, mas isso terminou repentinamente se transformando no interesse principal de minha vida. Supus – e tinha razão – que fosse a mesa de Martha Dodd. Ter em sua mesa uma garota admirada pela realeza, que poderia usar uma coroa dentro de nosso regime feudal, e nem mesmo saber seu nome!

Com Martha, não trocara mais do que os cumprimentos eventuais: tornaria-se óbvio demais aproximar-me dela diretamente. Na segunda-feira, fui ao estúdio e passei no escritório de Jane Meloney.

Jane Meloney era bastante minha amiga. Tinha por ela a afeição que as crianças costumam demonstrar por um agregado da família. Sabia que era uma escritora, mas, para mim, desde criança, escritora e secretária significavam a mesma coisa, só que escritores iam a coquetéis e às vezes almoçavam conosco. Falava-se deles todos da mesma maneira – exceto de uma das espécies, denominada dramaturgo, que viera do Leste. Esses eram tratados com respeito, caso não permanecessem por muito tempo – permanecendo, afogavam-se junto aos outros, da classe das coleiras brancas.

O escritório de Jane ficava no "prédio dos escritores veteranos". Havia um em cada quadra, uma fileira de damas de ferro, resquícios de dias silenciosos, de onde ainda ecoavam as lamúrias de plagiadores e vadios. Contava-se a história de um produtor novo que resolvera conhecer tudo e depois relatara, excitadamente, ao escritório principal:

– Quem são aqueles homens?

– Supõe-se que sejam escritores.

– Foi o que pensei. Bem, observei-os durante dez minutos e dois deles não escreveram uma linha.

Jane estava diante de sua máquina de escrever, quase na hora de parar para almoçar. Contei-lhe, francamente, que tinha uma rival.

– É misteriosa – disse eu. – Nem consigo descobrir seu nome.

– Oh – disse Jane. – Bem, eu talvez saiba de algo: ouvi umas coisas de alguém.

O alguém, naturalmente, era seu sobrinho, Ned Sollinger, menino de recados de Stahr. Ele tinha sido seu orgulho e esperança: mandara-o para a Universidade de Nova York, onde jogou no time de futebol. Então, em seu primeiro ano na Escola de Medicina, após levar o fora de uma garota, dissecou uma parte impublicável do cadáver de uma senhora e enviou-a à moça. Não me perguntem por quê. Decepcionado com a sorte e com a humanidade, recomeçara a vida novamente por baixo – e continuara lá.

– O que você sabe? – perguntei.

– Foi na noite do terremoto. Ela caiu no lago dos fundos e ele mergulhou e salvou a vida dela. Outra pessoa me contou que foi de sua varanda que ela saltou e quebrou o braço.

– Quem era?

– Bem, isso também é engraçado...

Seu telefone tocou e fiquei esperando com impaciência durante a longa conversa com Joe Reinmund. Ele parecia estar tentando descobrir pelo telefone se ela era de fato boa ou se já tinha escrito algum filme. E todos sabiam que ela estava no ramo desde que Griffith inventara o close-up! Enquanto ele falava, ela gemia em silêncio, trêmula, fazendo caretas diante do aparelho, mantendo-o no colo de forma que a voz chegava fraca até ela, mas também permitindo-lhe manter a conversa comigo.

– Que é que *ele* quer? Fazer hora enquanto espera o próximo compromisso? Já me fez essas mesmas perguntas umas dez vezes... está tudinho no relatório que mandei para ele...

E, ao telefone:

– Se isso chegar até Monroe, não será culpa minha. Quis levá-lo até o fim.

Fechou os olhos em agonia de novo:

– Agora está minimizando a coisa... vendo detalhe por detalhe... vai contratar Buddy Ebson... Meu Deus, ele simplesmente não tem o que fazer... agora fala de Walter Davenport... enganou-se, ele quis dizer Donald Crisp... está com uma lista enorme de auxiliares e posso ouvi-lo virar as páginas... essa manhã está se sentindo um homem muito importante, um segundo Stahr, e, Deus do céu, ainda tenho que escrever duas cenas antes do almoço.

Reinmund finalmente desligou ou foi interrompido no final. Um garçom veio trazer o lanche de Jane e uma Coca-Cola para mim – eu não estava almoçando naquele verão. Jane escreveu uma frase à máquina, antes de começar a comer. Eu estava interessada na maneira que escrevia. Um dia estava lá quando ela e um rapaz extraíram uma história do *Saturday Evening Post* – mudando os personagens e tudo. Então começaram a escrever, cada linha correspondendo à anterior, e, é claro, ficou parecendo o que as pessoas fazem na vida real quando tentam aparentar alguma coisa: engraçado, gentil ou heroico. Sempre quis ver uma dessas na tela, mas, não sei por que, perdi todas.

Achava-a adorável feito um antigo brinquedinho de estimação. Ganhava três mil dólares por semana, que o marido bebia, depois de espancá-la. Mas hoje eu só queria resolver meu problema.

– Não sabe o nome dela? – insisti.

– Ah – disse Jane –, isso. Bem, ele continuou telefonando para ela, mas no fim disse que o nome não era Katy Doolan.

– Acho que a encontrou – disse eu. – Você conhece Martha Dodd?

– Mas não é aquela menina que andou batendo com a cabeça nas paredes? – exclamou, com uma simpatia teatral estudada.
– Não poderia convidá-la para almoçar amanhã?
– Oh, acho que ela ganha o bastante para se alimentar. Há um mexicano...

Expliquei-lhe que não estava movida pela caridade. Jane concordou em cooperar e telefonou para Martha Dodd.

ALMOÇAMOS NO DIA SEGUINTE no Bev Brown Derby, um restaurante lânguido, cujos clientes tinham cara de estar sempre com sono. Na hora do almoço, havia alguma animação quando as mulheres ofereciam um espetáculo logo após comerem. Nós, entretanto, éramos um trio tépido. Devia ter entrado logo com minha curiosidade: Martha Dodd era uma matuta que nunca entendera o que lhe tinha acontecido – disso, só restara marca nos olhos lavados. Ainda acreditava que a vida que provara era a realidade e que passava apenas por um período de transição.

– Tive uma propriedade tão bonita em 1928 – contou-nos.
– Trinta acres com um minicampo de golfe, uma piscina e uma paisagem maravilhosa. Toda primavera, sentava meu traseiro sobre margaridas.

Terminei convidando-a para ir conhecer papai: pura penitência por ter um motivo escuso ao convidá-la e por estar envergonhada disso. Não se recorrem a motivos escusos em Hollywood: isso causa confusão. Todos percebem e o clima acaba nos vencendo. Motivos escusos são um desperdício evidente.

Jane deixou-nos no portão do estúdio, decepcionada com minha covardia. Martha esforçava-se por um impulso em sua carreira – não um impulso muito grande, devido a sete anos de negligência, mas uma espécie de aquiescência nervosa, e eu ia falar a sério com papai. Nunca faziam nada por gente como Martha, que ganhara tanto dinheiro de uma só vez. São postos de lado, forçados a miseráveis trabalhos extras – seria mais gentil expulsá-los da cidade. E papai vinha se orgulhando tanto de mim naquele verão... Tinha que tomar conta dele para não ficar contando a todo mundo como me tornara joia tão perfeita. E Bennington – ah, que exclusividade –, bom Deus, meu coração. Garanti-lhe que havia entre os estudantes a habitual proporção de filhas de novos-ricos graciosamente vestidas pelas requintadas lojas da Quinta Avenida. Papai estava tão entusiasmado com a faculdade que parecia um bacharel. "Você teve tudo", costumava me dizer, alegremente. Tudo incluía, numa conta aproximada, os dois anos em Florença, onde batalhei contra velhos preconceitos por ser a única virgem da escola, e o *début* formal em Boston, Estado de Massachusetts. Eu era uma verdadeira flor da melhor aristocracia casca-grossa.

Portanto, sabia que faria qualquer coisa por Martha Dodd, e quando entramos em seu escritório sonhava também em fazer alguma coisa por Johnny Swanson, o caubói, por Evelyn Brent e por todas as outras flores esmaecidas. Papai era um homem encantador e simpático – menos quando o encontrei, inesperadamente, em Nova York –, e havia algo de comovente no fato de ser meu pai. Afinal, era *meu pai*: por mim faria qualquer coisa.

Só Rosemary Schmiel estava na antessala do escritório, no telefone de Birdy Peters. Fez-me sinal para sentar, mas estava agitada demais dentro de meus planos, dizendo a Martha que se acalmasse. Apertei o botãozinho sob a mesa de Rosemary e entrei pela porta aberta.

– Seu pai está em reunião – chamou Rosemary. – Bem, não está, mas eu deveria...

Mas eu já atravessara a porta, depois um pequeno vestíbulo e outra porta, e dei de cara com papai em mangas de camisa, muito suado e tentando abrir uma janela. O dia estava quente, mas não o imaginara tão quente assim, e pensei que ele estava doente.

– Não, até que estou bem – disse-me. – O que há?

Contei-lhe. Contei-lhe toda a teoria sobre gente como Martha Dodd andando de um lado para outro de seu escritório. Como poderia usá-los e garantir-lhes um emprego seguro? Parecia ouvir-me animadamente, balançando a cabeça e concordando, e senti-me próxima dele como há muito não me sentia. Aproximei-me e beijei-lhe as faces. Tremia e sua camisa estava toda molhada.

– Você não está bem – disse-lhe. – Ou então está com uma preocupação muito grande.

– Não, absolutamente.

– O que há?

– Ah, é o Monroe – disse. – Ele me perturba dia e noite!

– O que aconteceu? – perguntei, bem mais calma.

– Ah, ele se senta feito um profeta e começa a anunciar o que vai e o que não vai fazer. Não conseguiria, agora, contar-lhe como é. Eu fico meio louco. Por que não continua?

– Do jeito que você está, não posso.

– Continue, estou dizendo! – Busquei cheiro de álcool, mas ele nunca bebe.

– Vá passar um pente no cabelo – falei. – Quero que converse com Martha Dodd.

– Mas aqui? Jamais me livrarei dela.

– Então vamos lá fora. Lave-se, primeiro. E coloque outra camisa.

Com um gesto exagerado de desespero, foi para o lavabo. O escritório estava quente como se tivesse ficado fechado por horas, e isso talvez estivesse fazendo mal a ele. Abri mais duas janelas.

– Pode ir – gritou por trás da porta fechada do banheiro. – Daqui a pouco estarei lá.

– Seja bem gentil com ela. – disse eu. – Nada de caridade.

Como se fosse Martha falando, um gemido baixo e comprido partiu de algum ponto da sala. Assustei-me – e acabei por apavorar-me quando, ao ouvi-lo novamente, percebi que não vinha nem do banheiro onde papai se encontrava nem de fora, mas de um armário embutido à minha frente. Como consegui reunir coragem, não sei, mas corri até ele e abri-o: a secretária de papai, Birdy Peters, caiu no chão, completamente pelada – assim como caem os cadáveres nos filmes. Com ela, veio uma rajada de ar abafado e de mofo. Rolou no chão, uma das mãos ainda segurando algumas roupas, e depois ficou esticada, banhada de suor – justo na hora em que papai saía do banheiro. Pressentia-o de pé, atrás de mim, e, sem me virar, sabia exatamente qual era sua expressão, porque não era a primeira vez que o surpreendia.

– Cubram-na! – disse, fazendo-o eu mesma com a capa do sofá. – Cubram-na!

Saí do escritório. Rosemary Schmiel viu meu rosto e respondeu-me com uma expressão aterrorizada. Nunca mais a vi, ou a Birdy Peters. Ao sairmos, Martha perguntou-me:

– Que houve, querida?

Não obtendo resposta, completou:

– Fez o que pôde. Olhe, vamos fazer uma coisa: vamos à casa de uma moça inglesa muito boazinha. Reparou numa garota que estava a nossa mesa aquela outra noite, e que saiu dançando com Stahr?

Ao preço de um pequeno mergulho nos podres da família, consegui o que desejava.

NÃO ME LEMBRO muito bem de nossa visita. Uma das razões foi que ela não estava em casa. Mas a porta não estava trancada e Martha entrou, chamando por "Kathleen" com muita familiaridade. O compartimento que vimos estava deserto e formal como um hotel. Havia flores, que não caíam bem no ambiente. Martha encontrou um bilhete que dizia: "Deixe o vestido. Fui procurar emprego. Passo aqui amanhã."

Martha leu-o duas vezes, mas não parecia endereçado a Stahr, e esperamos cinco minutos. As casas parecem estáticas quando saem seus donos. Não que pretenda vê-las pulando carniça, não; de qualquer maneira, aqui fica a observação. Muito comportada. Empertigada, quase, com uma única mosca dominando todo o lugar e não lhe dando a mínima atenção, e um canto de cortina balançando ao vento.

– Quisera saber que tipo de trabalho – disse Martha. – Domingo passado ela foi a algum lugar com Stahr.

Já não mais me interessava. Achava horrível estar ali – sangue de produtor, pensei, horrorizada. E, num pânico súbito, empurrei-a para fora, para um lugarzinho banhado de sol. Não adiantou – sentia-me enojada e horrorizada. Sempre me orgulhara de meu corpo – considerava-o geométrico, de forma que tudo que fazia me parecia correto. Provavelmente não havia um lugar, incluindo igrejas, escritórios e altares, onde as pessoas não tivessem se abraçado – mas nunca, jamais tinha sido empurrada nua para dentro de um buraco da parede, no meio de um dia de trabalho.

– SE VOCÊ ESTIVESSE num *drugstore* – disse Stahr – pegando remédios...

– Quer dizer, com um farmacêutico? – perguntou Boxley.

– Se estivesse com um farmacêutico – acedeu Stahr –, comprando o remédio de um membro de sua família que estivesse muito doente...

– Muito enfermo? – interrogou Boxley.

– Muito enfermo. Então, qualquer coisa que chamasse sua atenção para fora da *drugstore*, o que quer que seja que o tenha distraído e desviado de seu objetivo daria, provavelmente, material para um filme.

– Um assassinato fora da farmácia, quer dizer.

– Isso, muito bem – disse Stahr, sorrindo. – Ou podia ser uma aranha fazendo sua teia na vidraça.

– Claro, compreendo.

– Temo que não, Sr. Boxley. O senhor compreende do seu ponto de vista, não do nosso. Guarda as aranhas para si e nos impinge os assassinos.

– Não me incomoda ser despedido – falou Boxley. – Não tenho utilidade para o senhor. Estou aqui há três semanas e nada fiz. Minhas sugestões, ninguém as escreve.

– Quero que fique. Algo dentro do senhor não gosta de filmes, não gosta de contar uma história dessa maneira...

– É uma pressão tão grande... – explodiu Boxley. – Não se pode deixar...

Perscrutou-se. Sabia que Stahr, o timoneiro, estava encontrando tempo para ele no meio do corre-corre constante – que estavam conversando, como sempre, sobre o cordame rangente de um navio que percorresse o alto-mar em grandes zigue-zagues desajeitados. Ou então – era o que aparentava às vezes – estavam no meio de uma brutal discussão – onde até mesmo mármore recém-cortado trazia a marca de velhos revestimentos, velhas inscrições do passado, meio apagadas.

– Continuo desejando que fosse possível recomeçar tudo – disse Boxley. – É essa produção em massa.

– Essa é a condição – disse-lhe Stahr. – Sempre existe uma porcaria de condição. Estamos fazendo uma vida de Rubens. Vamos supor que eu lhe pedisse para retratar uns caras ricos como Bill Brady, eu, Gary Cooper e Marcus, quando sua intenção era a de pintar Jesus Cristo. Não estaria sob uma condição? A nossa é a de pegar o que as pessoas gostam mais, ornamentá-las e mandá-las de volta. Qualquer coisa além disso é só açúcar. Portanto, Sr. Boxley, não poderia nos dar um pouco de açúcar?

Boxley sabia que, esta noite, poderia estar sentado com Wylie White num bar, falando mal de Stahr. Mas lera Lord Charnwood e reconhecia que Stahr, como Lincoln, era um líder que sustentava uma guerra demorada em muitas frentes. Quase que com apenas uma das mãos, fizera o cinema avançar uma década, ao ponto em que o conteúdo das películas de classe A tornou-se melhor e mais rico do que o do teatro. Stahr era um artista, tal qual Lincoln era um general, como leigo e por necessidade.

– Venha ao escritório de La Borwitz comigo – disse Stahr. – Tenho certeza de que estão precisando de açúcar por lá.

No escritório de La Borwitz, dois escritores, uma estenógrafa e um supervisor apressadinho continuavam sentados no mesmo beco sem saída em que Stahr os deixara, três horas atrás. Olhou seus rostos, um após outro, e nada descobriu. La Borwitz falou, com reverência amedrontada, em sua defesa:

– Há personagens demais, Monroe.

Stahr rugiu amavelmente:

– Esta é a ideia principal do filme.

Tirou alguns trocados do bolso, olhou para a luz suspensa e jogou meio dólar para cima, fazendo barulho ao cair no lustre. Mirou as moedas que restavam na mão e separou 25 centavos.

La Borwitz observava miseravelmente; sabia ser essa a ideia favorita de Stahr e viu abrir-se o precipício. No momento, todos lhe tinham virado as costas. De repente, tirou as mãos da plácida posição em que estavam sob a mesa e ergueu-as no ar, tão alto que pareciam ter se separado do pulso, e depois apanhou-as docemente enquanto caíam. Sentiu-se melhor. Controlara-se.

Um dos roteiristas também tirara umas moedas e, no momento, definiam-se os regulamentos: "Tem que jogar a moeda sem bater na corrente. O que cair dentro do lustre fica como aposta."

Jogaram durante meia hora – todos menos Boxley, que se sentou e mergulhou no roteiro, e a secretária, que computava os pontos. Ela calculava o preço do tempo de cada um desses quatro homens à razão de 600 dólares. No fim, La Borwitz vencera por 5,50 dólares, e um contínuo trouxe uma escada para retirar o dinheiro de dentro do lustre.

De repente Boxley falou:

– Isso aqui é farofa para rechear peru.

– O quê?

– Não é cinema.

Olharam-no, atônitos. Stahr sorriu.

– Então, não é que temos aqui um verdadeiro homem de cinema! – exclamou La Borwitz.

– Bonitas palavras – falou Boxley, audaciosamente. – Mas nenhum clima. Afinal, vocês sabem, não será um romance. É grande demais. Não sei explicar o que acho, exatamente, mas sei que está errado. E não me faz vibrar.

Devolvia-lhes o que lhe tinham empurrado durante três semanas. Stahr virou-se, observando os outros de canto de olho.

– Não precisamos de *menos* personagens – continuou Boxley –, precisamos de *mais*. No meu ponto de vista, essa é a ideia.

– Essa é a ideia – disseram os roteiristas.

– Sim... essa é a ideia – disse La Borwitz.

Boxley entusiasmou-se pela atenção que atraíra:

– Deixemos cada personagem ver-se na situação do outro – disse. – O policial está quase prendendo o ladrão quando vê que ele tem sua cara. Quer dizer, apresentem-no assim. Poderiam intitular o filme de *Coloque-se no meu lugar*.

Subitamente, trabalhavam outra vez – tomando esse novo tema em rodízio, feito músicos que se substituem quando um do conjunto se cansa. No dia seguinte talvez pusessem tudo no lixo outra vez, mas tinham ressuscitado por um momento.

O jogo das moedas tivera tanto efeito quanto o palavrório de Boxley. Stahr recriara uma atmosfera adequada – jamais consentindo em ser o guia dos conduzidos, mas sentindo-se e agindo como se fosse e, mesmo, algumas vezes, parecendo um menino que presenciava um espetáculo.

Deixou-os, tocando o ombro de Boxley ao passar – um elogio deliberado. Não queria que o perturbassem ou fossem consultá-lo antes de uma hora.

DENTRO DO ESCRITÓRIO, esperava-o o doutor Baer. Junto dele, um mulato carregando um cardiógrafo que parecia uma valise grandona. Stahr denominava-o detector de mentiras. Tirou a camisa e o exame rápido começou.

– Como tem se sentido?

– Como sempre – respondeu Stahr.

– Tem doído? Consegue dormir?

– Não; umas cinco horas. Se deito cedo, fico acordado na cama.

– Tome os soporíferos.

– Os amarelos me dão ressaca.

– Tome os vermelhos, então.

– Tenho pesadelos.

– Tome um de cada: o amarelo primeiro.

– Está bem, vou tentar. Como tem passado *você*?

– Olhe, eu me cuido, Monroe; eu me salvo.

– Não acredito. Passa noites em claro.

– Depois, durmo um dia inteiro.

Transcorridos dez minutos, Baer disse:

– Parece estar bem. A pressão sanguínea subiu cinco pontos.

– Ótimo. Isso é bom, não é?

– É. Esta noite estudarei os cardiogramas. Quando virá ao consultório?

– Ah, qualquer dia desses – disse Stahr, rapidamente. – Dentro de umas seis semanas as coisas estarão mais fáceis.

Baer olhou para ele com uma afeição autêntica, que crescera em três anos.

– Com 33 você melhorou depois de um repouso – disse. – Mesmo um de três semanas.

– Farei outra vez.

Não, não fará, pensou Baer. Com a ajuda de Minna, alguns anos atrás, obrigara-o a uns pequenos repousos. Mais tarde, tentara descobrir quem Stahr considerava amigos mais chegados. Quem poderia levá-lo dali e mantê-lo fora? Seria praticamente inútil: morreria em breve. Dentro de seis meses poderia-se saber o dia. Que adiantava estudar os cardiogramas? Não se pode convencer um homem como Stahr a parar e se deitar olhando para o céu durante seis meses. Preferia morrer. Dissera-o de maneira diferente, mas o que queria dizer é que ansiava pela exaustão total que há muito perseguia. A fadiga era seu vício e veneno, e Stahr aparentemente retirava alguns raros prazeres quase físicos do trabalho estafante. Era uma deturpação de força vital que vira antes, mas quase desistira de interferir. Curara um homem, ou quase – oco triunfo de quem mata e conserva o corpo.

– Você é quem sabe – disse.

Trocaram um olhar. Stahr sabia? Provavelmente. Só que não sabia quando – não sabia que seria tão breve, agora.

– Se eu é que sei, não posso perguntar mais nada – disse Stahr.

O mulato acabava de guardar os aparelhos.

– Semana que vem, mesmo horário?

– Certo, Bill – respondeu Stahr. – Adeus.

Ao fechar a porta, Stahr atendeu o ditafone. A voz da Srta. Doolan chegou imediatamente:

– Conhece alguém chamado Kathleen Moore?

— Que quer dizer? — perguntou, surpreso.

— Há uma Srta. Kathleen Moore ao telefone. Diz ela que o senhor pediu-lhe que ligasse.

— Ora, meu Deus! — exclamou. Suava de indignação: passaram-se cinco dias, não adiantaria mais nada. — Está na linha?

— Está.

— Bem, então ligue.

Um momento depois ouviu a voz próxima dele.

— Está casada? — perguntou, baixo e seco.

— Não, ainda não.

Sua memória bloqueava a lembrança das formas e do rosto dela. Sentou-se, parecendo que afundaria dentro da mesa, naufragando até os olhos.

— O que quer? — perguntou, na mesma voz grosseira. Era difícil falar assim.

— Encontrou a carta?

— Sim, naquela mesma noite.

— É sobre isso que desejo falar.

Achou a atitude uma repetição — sentia-se insultado.

— Falar o quê?

— Tentei escrever outra carta para você, mas não consegui.

— Isso, também sei.

Houve uma pausa:

— Ora, anime-se! — disse, surpreendentemente. — Nem parece que é você. É com Stahr que estou falando, não é? Aquele Sr. Stahr muito bonzinho?

— Sinto-me um pouco ofendido — disse, quase pomposamente. — Não vejo o que adianta isso. Tinha, pelo menos, uma lembrança agradável de você.

— Não acredito que seja você. Vai acabar me desejando felicidades. — De repente, ela riu. — Foi isso que planejou para me dizer? Sei bem como é chato a gente planejar dizer alguma coisa...

– Já nem esperava ouvir falar em você – disse Stahr com dignidade, mas foi inútil: ela deu outra gargalhada, um riso de mulher que lembrava o de uma criança, de uma única sílaba, um grito e uma canção de alegria.

– Sabe como fez com que me sentisse? – perguntou ela. – Igualzinho a um dia, em Londres, durante uma praga de lagartas, quando uma coisa quente e peluda caiu em minha boca.

– Lamento.

– Ah, acorde – pediu. – Quero vê-lo. Não posso explicar certas coisas pelo telefone. Para mim também não foi nada divertido, sabe?

– Estou muito ocupado. Haverá uma estreia surpresa em Glendale esta noite.

– É um convite?

– George Boxley, o escritor inglês, irá comigo. – Surpreendeu-se: – Quer vir também?

– Como faríamos para conversar? – perguntou. – Por que não me telefona mais tarde? – Sugeriu. – Poderíamos dar uma volta.

No ditafone maior, a Srta. Doolan tentava entrar na linha com um diretor de filmagens – a única interrupção permitida. Ele tocou o botão e disse-lhe "Espere", com impaciência.

– Às onze? – Kathleen estava falando confidencialmente.

A ideia de "dar uma volta" pareceu-lhe tão ingênua que, se tivesse encontrado as palavras para recusar, tê-las-ia dito, embora não quisesse ser encarado como uma lagarta. De repente, não lhe restava nenhuma atitude, exceto a de que o dia, pelo menos, estava completo. A noite existiria – com princípio, meio e fim.

BATEU NA PORTA DE TELA, ouviu sua voz lá dentro e ficou esperando na parte de baixo. De longe, vinha o barulho de um cortador de grama – um homem cuidava do jardim à meia-noite. A lua estava tão clara que Stahr podia vê-lo perfeitamente, uns trinta metros lá para baixo, parando para descansar antes de reiniciar o trabalho. Uma atmosfera vibrante de verão dominava – era princípio de agosto – com amores imprudentes e crimes passionais. Esperando-se algo mais do verão, tentava-se ansiosamente viver o presente – ou, se o presente não existia, inventava-se um.

Finalmente, chegou. Estava diferente e satisfeita. Usava um conjunto cuja saia insistia em puxar para cima, enquanto caminhavam para o carro, com um ar corajoso, alegre, estimulante e incansável de "Aperte o cinto, meu bem, e pé na tábua". Stahr viera de limusine com motorista; e a intimidade das quatro paredes, varrendo as curvas na escuridão, libertou-os imediatamente de qualquer embaraço. Assim, a viagenzinha que fizeram foi uma das coisas mais gostosas que tivera. Sentia que ia morrer, mas naquele momento sabia que não seria naquela noite.

Contou-lhe sua história. Sentara-se ao lado dele, fria e distante a princípio, entusiasmando-se depois, levando-o a lugares distantes, apresentando-o a gente que ela conhecia. No começo, uma história vaga. "Esse homem" era quem amara e com quem vivera junto. "Esse americano" era aquele que a salvara quando afundava em areia movediça.

– Quem é ele, o americano?

Ah, nomes, que diferença faziam? Ninguém importante como Stahr, nem rico. Vivera em Londres e agora iam morar aqui. Ia ser uma boa esposa, gente de verdade. Ele estava se divorciando – não por causa dela –, mas o processo estava atrasado.

– Mas e o primeiro? – perguntou Stahr. – Como aconteceu?

Ah, foi uma bênção, a princípio. Dos 16 aos 21, o problema era alimentar-se. O dia que sua madrasta introduziu-a na Corte, possuíam 1 *shilling* para comer o mínimo, a fim de não desmaiarem. Cada prato custava 6 *pence*, mas a madrasta ficava olhando enquanto ela comia. Poucos meses depois, a madrasta morreu. Ter-se-ia prostituído em seguida, não estivesse tão fraca para andar pelas ruas. Londres pode ser cruel – ah, como pode.

Não havia ninguém?

Havia amigos na Irlanda, que mandavam manteiga. Havia uma galinha ensopada. Havia a visita de um tio, que tentara seduzi-la quando estava de estômago cheio, a quem resistiu e de quem conseguiu 50 libras para não contar nada à esposa.

– Não podia trabalhar? – perguntou Stahr.

– Trabalhei. Vendi automóveis. Uma vez, vendi um automóvel.

– Mas não conseguia um emprego estável?

– É difícil, é diferente. Há uma ideia de que gente como eu rouba emprego dos outros. Uma mulher me deu uns empurrões quando tentava conseguir emprego de camareira num hotel.

– Mas você foi apresentada à Corte?

– Coisa de minha madrasta, quando teve oportunidade. Não era ninguém. Meu pai tinha sido baleado numa das colônias, em 1922, quando eu ainda era criança. Ele escreveu um livro chamado *A última bênção*. Já leu?

– Não leio.

– Seria bom se o comprasse para o cinema. É um livrinho bom. Ainda ganho uns direitos autorais com ele: 10 *shillings* por ano.

Então ela conheceu "O Homem" e viajaram o mundo inteiro. Estivera em todos os lugares sobre os quais Stahr fizera filmes, vivendo em cidades cujos nomes ele nunca ouvira. Aí "O Homem" faliu e começou a beber e dormir com as empregadas. tentando empurrá-la para cima de seus amigos. Todos tentaram grudá-la a ele. Diziam que ela o salvara e deveria ficar a seu lado, agora, indefinidamente, até o fim. Era seu dever. Pressionaram-na de todas as maneiras. Mas conheceu O Americano e, finalmente, fugiu.

– Devia ter fugido antes.

– Bem, compreende, era difícil. – Hesitava, e precipitou-se: – Sabe, fugi de um rei.

O sentido de moral de Stahr entrou em colapso – conseguira enredá-lo. Pensamentos confusos correram por sua cabeça – um deles, a velha crença de que toda realeza é doentia.

– Não era o rei da Inglaterra – ela disse. – Meu rei estava desempregado, como costumava dizer. Há montes de reis em Londres. – Deu uma risada e acrescentou, quase desafiante: – Foi muito atraente até começar a beber e infernizar a minha vida.

– Era rei de onde?

Ela contou – e Stahr lembrou-se de seu rosto em um cinejornal.

– Era um homem muito culto – continuou ela. – Podia falar de qualquer assunto. Mas não parecia um rei. Não tanto quanto você. Nenhum deles parecia.

Desta vez foi Stahr quem riu.

– Sabe o que quis dizer. Sentiam-se, todos, ultrapassados. A maioria tentava manter-se em dia. Estavam prevenidos de que deviam manter-se em dia. Um deles, por exemplo, pertencia a um sindicato. Outro vivia mostrando uns recortes de jornal sobre um campeonato de tênis em que chegara às semifinais. Vi esses recortes mil vezes.

Foram até o parque Griffith, passaram pela fachada escura dos estúdios Burbank, pelos aeroportos e, na estrada para Pasadena, em frente aos anúncios luminosos de cabarés à beira da estrada. Desejava-a, conscientemente, mas era tarde e só o passeio já o inundava de alegria. Deram-se as mãos e, certa hora, ela se encostou em seus braços, dizendo: "Oh, você é *tão* bom. *Gosto* de estar com você." Mas sua mente permanecia dividida – a noite não seria dele, como aquela tarde de domingo. Introvertera-se, ferido por suas próprias lembranças. Tentou saber mais a respeito do Americano:

– Há quanto tempo o conhece?

– Ah, já o conhecia havia vários meses. Às vezes, nos encontrávamos. Nos compreendíamos. Ele costumava dizer que estávamos nos tornando figuras domésticas.

– Então, por que me telefonou?

Hesitou:

– Queria vê-lo outra vez. E, *também*, porque deveria chegar hoje, mas ele telegrafou avisando que só chegará na semana que vem. Eu queria conversar com um amigo. Apesar de tudo, você é meu amigo.

Desejava-a demais agora. Porém uma parte de sua cabeça insistia: ela quer ver se você está gostando dela, se quer se casar com ela. Então, deve estar tentando decidir se deve ou não colocar-me de lado; vai deixar que eu mesmo decida.

– Ama O Americano? – perguntou.

– Ah, sim. Disso não há dúvida. Salvou minha vida e minha mente. Faria qualquer coisa por mim, disso eu sei.

– Mas você o ama?

– Oh, sim. Eu o amo.

Dizer "Oh, sim" mostrou-lhe que não – que devia declarar-se – que ela reagiria. Tomou-a nos braços e, deliberadamente, deu-lhe um longo beijo na boca. Tão morna...

– Essa noite, não – sussurrou ela.

– Está bem.

Atravessaram uma ponte de suicidas, já com protetores mais altos.

– Sei bem o que é isso – disse ela. – Que coisa mais idiota. Os ingleses não se matam quando não conseguem o que desejam.

Viraram no desvio de um hotel e começaram a voltar. A noite estava escura e sem lua. A onda de desejo passara e, no momento, mantinham-se calados. A conversa sobre reis trouxera à sua lembrança a rua principal em Erie, Pensilvânia, quando tinha 15 anos. Havia ali um restaurante com lagostas e verduras na vitrine e luzes fortes sobre uma ostra e, lá dentro, por trás de uma cortina vermelha, o mistério fascinante de gente e de música de violino. Foi pouco antes de partir para Nova York. Essa garota fazia-o lembrar-se de peixe fresco e lagostas expostos na vitrine. Era uma mulher que se presta ao desfrute; Minna nunca o fora.

Olharam-se e os olhos dela perguntaram: "Devo casar-me com O Americano?" Ele não respondeu. Depois de algum tempo, ele disse:

– Vamos passar o fim de semana em algum lugar.

Ela refletiu:

– Está falando de amanhã?

– Estou.

– Bem, amanhã lhe dou uma resposta.

– Responda agora. Ficaria com medo...

– De encontrar um bilhete no automóvel? – Riu. – Não haverá bilhetes. Sabe de quase tudo agora.

– Quase tudo.

– Sim, quase tudo. Fora umas coisinhas.

Tinha que saber quais eram. Amanhã ela lhe contaria. Duvidava – queria duvidar – se tinha havido uma incerteza de namoro: uma fixação muito grande e forte a amarrou ao Americano, o rei. Três anos em posição dúbia, um pé no palácio, outro no quintal. "Devia rir mais", disse ela, "eu aprendi a rir à beça".

– Podia ter se casado com você, como a Sra. Simpson – disse Stahr, protestando.

– Ah, ele era casado. E nada romântico – calou-se.

– Eu sou?
– É – respondeu sem querer, como que se aliviando de um peso. – Parte de você é. Existem dentro de você três ou quatro homens diferentes, cada um independente do outro. Como em todo americano.

– Não comece a confiar abertamente em todo americano – disse-lhe, sorrindo. – São muito inconstantes.

Parecia interessada:

– São mesmo?

– Mudam de uma hora para outra, de repente – disse –, e nunca mais voltam a ser o que eram.

– Está me assustando. Sempre me senti muito segura com americanos.

Parecia, de repente, tão sozinha que ele pegou sua mão:

– Onde iremos amanhã? Talvez às montanhas. Tenho um mundo de coisas para fazer, mas vou deixá-las de lado. Saímos às quatro e chegamos lá à tardinha.

– Não sei, estou meio confusa. Não me parece coisa de uma moça que veio para a Califórnia a fim de mudar de vida.

Poderia ter lhe dito, então: "Isso é uma vida nova", porque sabia que o era, sabia que o não mais poderia deixá-la agora; mas alguma coisa dentro dele aconselhou-o a pensar duas vezes antes de dizê-lo, a agir como adulto, sem romantismos. E só contar-lhe amanhã. Ela continuava a observá-lo, os olhos correndo da testa ao queixo, e voltando e olhando outra vez, a cabeça balançando lentamente em gesto familiar.

...É sua chance, Stahr. Melhor aceitá-la agora. É a mulher que queria. Ela poderá salvá-lo, puxá-lo de volta à vida. Cuidará de você e o tornará mais resistente. Mas tome-a agora – conte-lhe e leve-a consigo. Nenhum dos dois sabe, mas, em algum ponto da noite, O Americano mudou seus planos. Nesse momento, seu trem acaba de passar por Albuquerque; o esquema não apresenta falhas. O trem está no horário. Pela manhã, estará aqui.

...O motorista virou para a colina, em direção à casa de Kathleen. Tudo parecia morno, mesmo mergulhado na escuridão – qualquer lugar perto dali, para Stahr, começava a tornar-se encantado: a limusine, a casa em construção na praia, mesmo as distâncias que tinham percorrido juntos pela extensa cidade. A colina que subiam agora parecia envolta de sons e cheiros que, deliciosamente, penetravam na alma.

Ao despedirem-se, sentiu de novo a impossibilidade de abandoná-la, mesmo por umas poucas horas. A diferença entre os dois era de dez anos, mas ele sentia que a loucura de seu amor era como a de um velhote por uma menina. O tempo passava, profunda e desesperadamente, o relógio batia com seu coração e isso o apressava, contra toda a lógica de sua vida, a entrar em sua casa agora e dizer: "É para sempre."

Kathleen esperava, ela mesma indecisa – geada rosa-prateada à espera da primavera para se dissolver. Era uma europeia, humilde diante do poder, mas havia um selvagem autorrespeito que lhe permitiria ir bem longe. Não tinha ilusões quanto aos preconceitos que influenciavam príncipes.

– Amanhã iremos às montanhas – disse Stahr. Milhares de pessoas dependiam de seu discernimento, e é impossível sufocar uma qualidade que o acompanha há vinte anos.

Na manhã seguinte, sábado, esteve muito ocupado. Às duas horas, ao descer para o almoço, recebeu um bolo de telegramas – um dos navios da companhia se perdera no Polo Norte; uma estrela estava desgraçada; um escritor exigia um milhão de dólares. Judeus morriam miseravelmente sob o mar. O último telegrama deixou-o atônito:

"Casei-me hoje ao meio-dia. Adeus"; e, num rótulo grampeado: "Envie sua resposta pela Western Union Telegram."

6

Não sabia de nada disso. Fui para o lago Louise e, quando voltei, nem passei perto do estúdio. Acho que teria voltado para o Leste em meados de agosto se Stahr não tivesse me telefonado.

– Quero que dê um jeito em uma coisa, Cecilia. Quero conhecer um membro do Partido Comunista.

– Quem? – indaguei, meio espantada.

– Qualquer um.

– Não há montes deles por aí?

– Quero dizer, um de seus organizadores, de Nova York.

No verão do ano anterior, me enfiara em política até as orelhas – poderia, é quase certo, arranjar um encontro com Harry Bridges. Mas meu namorado morrera num acidente de carro depois que voltei para a faculdade e perdi contato com essas coisas. Tinham me dito que havia um correspondente de *The New Masses* por aqui.

– Vai prometer imunidade a ele? – perguntei, brincando.

– Ah, sim – respondeu Stahr com seriedade. – Não o machucarei. Consiga um que se expresse bem; diga-lhe que venha com um de seus livros.

Falava como se quisesse conhecer um membro da seita "Eu sou".*

– Prefere loura ou morena?

– Ah, arranje um homem – falou, cortante.

Ouvir a voz de Stahr alegrou-me – desde o incidente na sala de papai, sentia-me insegura. Stahr modificava tudo – da maneira como eu via as coisas até o ar que eu respirava.

---

*O movimento "Eu sou" foi um culto religioso fundado em Chicago nos anos 1930. (*N. do E.*)

– Não vejo necessidade de seu pai saber – ele disse. – Não podemos fingir que o homem é um músico búlgaro ou algo assim?
– Ah, isso não convence – falei.

Era mais difícil do que pensara – as negociações de Stahr com a Associação de Escritores, que já consumiam um ano, estavam no fim. Talvez temessem serem corrompidos. Perguntaram-me qual era a "proposta" de Stahr. Depois, ele mesmo me contou que desejava o encontro por ter jogado fora os filmes russos sobre a Revolução que tinha em sua filmoteca. Fizera o mesmo com *O gabinete do doutor Caligari* e *Um cão andaluz*, de Salvador Dalí, possivelmente suspeitando que tinham alguma relação com o assunto. Ficara espantado com os filmes russos da época dos anos 1920 e, por sugestão de Wylie White, mandara que o departamento de roteiros elaborasse um "tratamento" de duas páginas do *Manifesto comunista*.

Entretanto, ele já tinha opiniões definidas sobre o assunto. Era um racionalista que pensava sem a ajuda de livros – conseguira elevar-se de mil anos de miséria para o século XVIII. A ideia de que tudo isso desmoronasse lhe era insuportável – apreciava muito a lealdade apaixonada daquela gente para com um passado imaginário.

O encontro foi no local que apelidara de "sala de couro chique" – uma das seis decoradas por um profissional, na época de Sloane, e o nome ficou na minha cabeça. Era onde a presença do decorador se fazia mais forte: um tapete de lã angorá cor de madrugada, do mais delicado cinza que se possa imaginar – quase não nos atrevíamos a pisá-lo; e havia os ornamentos de prata, as mesas de couro, os quadros melosos e os pequeninos objetos de extrema fragilidade que nos faziam ter medo de respirar mais forte e parti-los; ainda assim, era bonito ficar admirando aquela sala da porta, quando as janelas estavam abertas e as cortinas eram sacudidas pela brisa. Era o tipo de sala que todo americano mantém fechada, menos aos domingos. Mas era, exatamente, o ambiente que a ocasião exigia e, qualquer que fosse o resultado, esperava que tivesse sofrido influência do ar de nossa casa.

Stahr chegou primeiro. Estava pálido, nervoso e preocupado – menos na voz, que, como de hábito, mantinha-se baixa e cheia de gentilezas. A maneira de ele se apresentar às pessoas era muito característica – caminhava firme para elas e colocava de lado algo que estivesse no caminho, tentando conhecê-las intimamente, como se não pudesse evitar. Beijei-o, não sei por quê, e o conduzi até o salão de couro.

– Quando volta para a faculdade? – inquiriu.

Já estivéramos nesse fascinante terreno antes.

– Gostaria de mim se fosse mais baixa? – perguntei-lhe. – Podia usar salto baixo e cabelo escorrido.

– Vamos sair para jantar esta noite – sugeriu. – Todos pensarão que sou seu pai, mas não ligo.

– *Adoro* homens mais velhos – garanti-lhe. – A menos que o homem use muletas, para mim é só um caso entre um garoto e uma garota.

– Conheceu muitos?

– O suficiente.

– A gente se apaixona e desapaixona com a maior facilidade, não acha?

– De três em três anos, mais ou menos, segundo Fanny Brice. Li no jornal.

– Gostaria de saber como conseguem – disse. – Acredito porque vejo. Mas parecem tão convictas toda vez. E, de repente, não parecem mais.

– Você andou fazendo filmes demais.

– Será que ficam convictas na segunda, terceira ou quarta vez? – insistia.

– Cada vez mais. Na última, então, nem se fala.

Refletiu e pareceu concordar:

– Acho que sim. Mais que nunca da última vez.

Não gostei da maneira como disse isto e como de repente percebi que, sob o escudo, se sentia arrasado.

– É um grande transtorno – contou. – Tomara que acabe logo.

– Espere aí. Talvez os filmes estejam com a pessoa errada.

Anunciaram Brimmer, o membro do Partido, e tropecei num desses tapetes fofos indo ao seu encontro, praticamente caindo em cima dele.

Era bem-apessoado, esse Brimmer – um pouco no estilo Spencer Tracy, mas com um rosto mais forte e mais expressivo. Não consegui evitar o pensamento, ao ver Stahr e ele apertarem as mãos, sorrindo e iniciando a conversa, de que eram os dois homens mais espertos que já vira. Tornaram-se muito conscientes um do outro imediatamente – ambos gentilíssimos comigo, como era de se esperar, mas com um toque suave ao final de suas frases ao se dirigirem a mim.

– O que estão tentando fazer? – perguntou Stahr. – Todos os jovens que trabalham comigo estão confusos.

– Mas isso os mantém acordados, não? – falou Brimmer.

– Primeiro deixamos uns russos estudarem a planta – disse Stahr. – Como planta-modelo, você compreende. Agora vocês tentam quebrar a unidade que a torna uma planta-modelo.

– A unidade? – repetiu Brimmer. – Quer dizer aquilo que se conhece como O Espírito da Companhia?

– Ah, isso não – disse Stahr, impaciente. – Parece que estão me perseguindo. Na semana passada, um roteirista foi a meu escritório, um bêbado, um sujeito que há anos está a apenas dois passos do manicômio tentou ensinar-me meu trabalho.

Brimmer sorriu:

– O senhor não tem cara de quem precise que lhe ensinem seu trabalho, Sr. Stahr.

Ambos aceitaram um chá. Quando voltei, Stahr contava uma história dos irmãos Warner, e Brimmer gargalhava.

– Conto-lhe outra – disse Stahr. – Balanchine, o dançarino russo, confundiu-os com os irmãos Ritz. Não sabia a quem estava ensaiando e para quem trabalhava. Costumava dizer em todo lugar: "Não consigo ensinar esses irmãos Warner a dançar."

Parecia uma tarde calma. Brimmer perguntou-lhe por que os produtores não tinham apoiado a Liga Antinazista.

– Por causa de vocês – disse Stahr. – Esse é o jeito de vocês influenciarem os roteiristas. A longo prazo, estão perdendo tempo. Os escritores parecem crianças: nem em épocas normais são capazes de se concentrar no trabalho.

– São os camponeses do negócio – disse Brimmer, gentilmente. – Plantam, mas não colhem. Seus sentimentos para com os produtores são como os do camponês para com o fazendeiro.

Eu pensava sobre a garota de Stahr – será que tinham terminado? Mais tarde, quando soube da história toda através da própria Kathleen, parada na chuva em plena avenida Goldwyn, imaginei que devia ter se passado uma semana desde que ela lhe mandara o telegrama. Não conseguira evitá-lo. O homem saltara do trem inesperadamente, levando-a até o cartório sem um pingo de dúvida de que era isso que ela desejava. Foi às oito da manhã, e ela ficou tão pasmada que sua única preocupação foi a de enviar-lhe o telegrama. Teoricamente, poderia parar e dizer: "Olhe, esqueci de dizer-lhe que conheci um homem." Mas essa ideia fora abatida com tanta confiança, tanto esforço, tanta mágoa, que, quando a teve no meio de todas as outras, sentiu-se como um veículo no meio de um engarrafamento. Ele a observara escrever o telegrama, olhando-o do outro lado da mesa, e ela torcia para que não o pudesse ler...

Quando meus pensamentos voltaram ao salão, tinham destruído os pobres escritores – Brimmer fora tão longe que admitia serem "inseguros".

– Não estão preparados para a autoridade – disse Stahr. – Não há substituto para a vontade. Às vezes, você tem de forjar a vontade, quando não a sente de forma alguma.

– Já tive essa experiência.

– Temos que dizer: "Vai ser assim, não pode ser diferente" mesmo quando não se está seguro. Isso me acontece várias vezes por semana, situações em que não existe nenhuma razão autêntica para nada. É preciso fingir que há.

– Todos os líderes já sentiram isso – falou Brimmer. – Líderes trabalhistas e certos líderes militares.

– Portanto, fui obrigado a tomar uma atitude nesse problema da Associação. Parece-me um assalto ao poder, e tudo o que darei aos escritores é dinheiro.

– Paga muito pouco a alguns: 30 dólares por semana.

– Quem recebe isso? – perguntou Stahr, surpreso.

– Os fáceis e cômodos de serem substituídos.

– Não os meus auxiliares – disse Stahr.

– Seus, também – disse Brimmer. – Duas pessoas em seu departamento de curta-metragem têm salário de 30 dólares semanais.

– Quem são?

– Um chamado Ransome e outro, O'Brien.

Stahr e eu sorrimos juntos.

– Não são escritores – explicou Stahr. – São primos do pai de Cecilia.

– Há alguns em outros estúdios – falou Brimmer.

Stahr pegou a chávena e pingou um remédio de uma garrafinha.

– O que é um dedo-duro? – perguntou, de repente.

– Um dedo-duro? É um fura-greves ou o detetive de uma companhia.

– Foi o que pensei – disse Stahr. – Tenho um escritor de 150 dólares que atravessa o restaurante dizendo "dedo-duro" atrás da cadeira de cada escritor. Se ele não os deixasse tremendo de medo, isso seria engraçado.

Brimmer riu.

– Gostaria de assistir a isto – disse.

– Não gostaria de passar um dia lá, comigo? – sugeriu Stahr.

Brimmer gargalhou, verdadeiramente divertido:

– Não, Sr. Stahr. Mas não duvido que ficaria impressionado. Soube que o senhor é dos sujeitos mais trabalhadores e eficientes de todo o Oeste. Seria um privilégio observá-lo, mas creio que deverei negá-lo a mim mesmo.

Stahr olhou para mim:

– Gosto do seu amigo. É louco, mas gosto dele – olhou Brimmer de perto. – Nasceu por aqui?

– Ah, sim. Várias gerações.

– Muitos como você?

– Meu pai era pastor batista.

– Quero dizer, muitos comunistas. Gostaria de conhecer esse grande judeu que tentou fechar a fábrica Ford. Chama-se...

– Frankensteen?

– Esse mesmo. Acho que alguns de vocês acreditam nele.

– Pouquíssimos – disse Brimmer, secamente.

– Você, não – falou Stahr.

Uma sombra de aborrecimento passou pelo rosto de Brimmer:

– Eu também.

– Ah, não – disse Stahr. – Talvez você tenha acreditado um dia.

Brimmer deu de ombros:

– Talvez apoiemos as pessoas inadequadas. No fundo, Sr. Stahr, sabe que tenho razão.

– Não – discordou Stahr. – Acho é que está perdendo tempo.

– No fundo, pensa "Ele tem razão", mas acredita que o sistema perdurará.

– Não me diga que pensam em derrubar o governo.

– Não, Sr. Stahr. Mas achamos que o senhor talvez consiga.

Testavam-se – alfinetadas sem profundidade, como é costume dos homens. Mulheres também faziam isso, mas para elas o duelo é contínuo e sem requintes. Mas não é nada agradável observá-las quando estão assim, porque nunca se sabe o que pode acontecer. Certamente, não estavam melhorando a ideia que eu fazia do salão. Tirei-os de perto da janela e levei-os para nosso jardim californiano amarelo-ouro.

Estávamos em pleno verão, mas a grama, regada frequentemente, brilhava como na primavera. Brimmer reparou nela, eu vi – no aspecto que tinha. Fiquei com a impressão de que, do lado de fora, ele crescera – tornara-se vários centímetros mais alto, alargara os ombros; lembrou-me, um pouco, o Super-Homem quando tira os óculos. Achei-o atraente, tanto quanto pode ser um homem que não dá grande importância às mulheres. Jogamos uma rodada de pingue-pongue e ele se saiu bem. Ouvi papai entrar em casa cantarolando a maldita "Little Girl, You've Had a Busy Day" e depois se calar, como a se lembrar de que não estávamos nos falando. Eram seis e quinze – meu carro estava na garagem e sugeri que descêssemos para jantar no Trocadero.

Brimmer estava com aquele ar que padre O'Ney tivera quando, em Nova York, virou o colarinho para trás a fim de acompanhar papai e eu ao balé russo. Não era um lugar muito apropriado para ele. Quando Bernie, o fotógrafo, que estava lá esperando algum acontecimento diferente, veio à nossa mesa, ele ficou enrascado – Stahr mandou Bernie embora, mas eu gostaria de ter tirado a fotografia.

Aí, para meu espanto, Stahr tomou três coquetéis, um atrás do outro.

– Agora acredito que esteja desiludido por um amor – falei.

– Por que acha isso, Cecilia?

– Coquetéis.

– Ah, nunca bebo, Cecilia. Fico com dispepsia. Bêbado, jamais.

Contei-os:

– Dois... três.

– Nem reparei. Não consigo provar bebida, tenho de tomá-las direto.

Um ar aparvalhado dardejou em seus olhos e passou.

– É meu primeiro drinque da semana – disse Brimmer. – Bebi até saturar, na Marinha.

O ar voltou aos olhos de Stahr – piscou ostensivamente para mim, dizendo:

– Esse miserável filho da puta serviu na Marinha.

Brimmer ficou sem saber como reagir. Deve ter incluído isso na tarde, pois sorriu palidamente e vi que Stahr também sorria. Aliviei-me ao ver triunfar as tradições americanas e tentei dominar a conversa, mas Stahr, de repente, pareceu voltar ao normal.

– Eis minha experiência típica – disse ele a Brimmer, sucinta e claramente. – O melhor diretor de Hollywood, sujeito com quem nunca me intrometo, tem a mania de colocar um veado em todo filme que faz, ou qualquer coisa parecida. Uma sacanagem. Coloca-o de maneira tão essencial, feito uma tatuagem, que não consigo removê-lo. Cada vez que faz isso a Legião da Decência avança um pouco, e alguma coisa tem de ser sacrificada num filme honesto.

– Típico problema elaborado – acedeu Brimmer.

– Típico – disse Stahr. – É uma luta interminável. Agora esse diretor vem me dizer que está tudo bem porque existe uma Associação de Diretores e não posso oprimir os pobres. Eis como você colabora com meus problemas.

– Remotamente – disse Brimmer, sorrindo. – Não acho que tenhamos muita entrada entre os diretores.

– Os diretores costumavam ser meus amigos – disse Stahr, assumindo um ar de orgulho. Parecia uma jactância

de Eduardo VII na melhor sociedade europeia. Continuou:
– Outros nunca me perdoaram por ter contratado diretores teatrais quando surgiu o cinema. Coloquei-os sob suas ordens, obrigando-os a aprender todo o serviço. Mas, na verdade, nunca me perdoaram. Naquela época, importamos uma tonelada de escritores e acreditei que eram bons sujeitos até o momento em que se tornaram comunistas.

Gary Cooper entrou e sentou-se num canto com um monte de sujeitos que vibravam com tudo o que fazia e que pareciam viver à sua custa. Do outro lado, uma mulher correu os olhos pelo salão: Carole Lombard. Fiquei contente de ver que Brimmer, enfim, observava alguém com interesse.

Stahr pediu um uísque com soda e, quase imediatamente, outro. Tomou umas poucas colheres de sopa e falou coisas terríveis de todo mundo, dizendo que pouco se importava porque tinha muito dinheiro – o tipo de conversa que se ouve quando papai está reunido com amigos. Deve ter notado que o que dizia parecia horrível quando não se estava na companhia adequada – talvez porque antes não tivesse se dado conta de como aquele tipo de conversa soava realmente. Calou-se e tomou um café. Amava-o; o que tinha dito não mudava nada – mas detestava que Brimmer ficasse com essa impressão. Queria que visse em Stahr um virtuose da técnica, e Stahr bancava o observador mau-caráter que teria mandado para o lixo se visse num filme.

– Sou um homem produtivo – disse, como que para modificar a atitude anterior. – Gosto de escritores, acho que os compreendo. Não quero despedir quem trabalha.

– Nem queremos que o faça – disse Brimmer, gentilmente. – Gostaríamos de poder encará-los com respeito crescente.

Stahr balançou a cabeça, gravemente:

– Gostaria de colocá-lo numa sala cheia de gente como eu. Todos estão cheios de razão para expulsar seus companheiros.

– Sua proteção nos agrada. – Brimmer usava certa ironia. – Sinceramente, achamos o senhor uma pessoa difícil, Sr. Stahr; exatamente porque é um patrão paternalista e sua influência é muito grande.

Stahr ouviu sem muito interesse.

– Nunca pensei – contou – que fosse mais inteligente que um escritor. Entretanto, sempre achei que a inteligência deles *me pertencia*. Como os romanos: me contaram que eles nunca inventavam as coisas, mas sabiam utilizá-las. Está vendo? Não digo que seja correto, mas é o que sempre senti, desde criança.

Isso interessava Brimmer – a primeira coisa que o interessava desde uma hora antes.

– O senhor se conhece bastante, Sr. Stahr – disse ele.

Acho que ele queria ir embora. Tivera curiosidade em saber o tipo de homem que era Stahr e, agora, achava que sabia. Na esperança de que as coisas se modificassem, imediatamente convidei-o para voltar conosco até em casa. Mas, quando Stahr parou no bar para outra bebida, senti que cometera um erro.

A noite estava calma, tranquila, imóvel e cheia de automóveis de sábado. A mão de Stahr pousou na parte de trás do assento, tocando meu cabelo. Subitamente, desejei voltar dez anos no tempo – teria 9 anos, Brimmer, uns 18, preparando-se para uma faculdade no Meio-Oeste, e Stahr, 25, acabando de herdar o mundo, cheio de confiança e alegria. Teríamos, ambos, admirado Stahr sem ter dúvidas. E eis que estávamos dentro de um conflito adulto, sem solução pacífica possível, complicado por cansaço e bebida.

Entramos em nossa estrada particular e guiei em volta do jardim, novamente.

– Tenho de ir agora – disse Brimmer. – Devo encontrar-me com umas pessoas.

– Não, fique – falou Stahr. – Nunca cheguei a dizer o que queria. Jogaremos pingue-pongue, tomaremos outra bebida e depois choraremos um no ombro do outro.

Brimmer hesitou. Stahr acendeu o holofote e apanhou sua raquete. Entrei para pegar uísque – não me atreveria a desobedecê-lo.

Quando voltei, não estavam jogando, mas Stahr batia uma caixa de bolas novas em direção a Brimmer, que as desviava. Quando me aproximei, parou, tomou a garrafa e retirou-se para uma cadeira fora da luz, olhando cheio de perigosa majestade obscura. Estava pálido – sua transparência era tal que quase se podia ver o álcool misturando-se com o veneno de sua exaustão.

– Hora de descansar num sábado à noite – falou.

– Não está descansando – disse-lhe.

Sustentava uma batalha perdida com seu instinto contra a esquizofrenia:

– Vou atacar, Brimmer – avisou depois de um momento. – Cuidarei disso pessoalmente.

– Não pode pagar alguém para fazê-lo? – perguntou Brimmer.

Fiz-lhe sinal para que se calasse.

– Meus problemas, quem resolve sou eu – respondeu. – Vou fazer tudo, até conseguir mandar você para fora daqui.

Levantou-se e avançou. Coloquei os braços em volta dele, contendo-o:

– *Pare* com isso, por favor! Ah, você está sendo terrível!...

– Esse cara influencia você – disse ele, obscuramente –, a todos vocês, jovens. Vocês não sabem o que estão fazendo.

– Por favor, vá para casa – pedi a Brimmer.

O terno de Stahr era de tecido escorregadio e, de repente, soltou-se e ele avançou para Brimmer, que se desviou para trás da mesa. Seu rosto estampava uma expressão indefinida e, mais tarde, acreditei que estivesse querendo dizer: "Isso é tudo? Essa pessoa frágil e meio enferma é quem manda em todo mundo?"

Então Stahr se aproximou dele, erguendo as mãos. Pareceu-me que Brimmer o conteve com o braço esquerdo um instante – aí desviei os olhos, sem coragem de ver.

Quando olhei novamente, Stahr estava fora de vista, abaixo do nível da mesa, Brimmer olhando de cima.

– Por favor, vá para casa – disse eu a Brimmer.

– Está bem. – Continuava olhando para Stahr quando me aproximei da mesa. – Sempre tive vontade de dar uns trancos em 10 milhões de dólares, mas nunca pensei que seria desse jeito.

Stahr continuava imóvel.

– Por favor, vá embora – falei.

– Lamento muito. Poderia ajudar...

– Não. Por favor, vá. Eu compreendo.

Deu outra olhada, meio assustado com os despojos a que, em fração de segundos, reduzira Stahr. Depois, saiu caminhando rapidamente pela grama. Ajoelhei-me e sacudi Stahr. Após um minuto voltou a si, com uma terrível convulsão, e levantou-se trôpego:

– Onde está ele? – gritou.

– Quem? – perguntei inocentemente.

– Aquele americano. Mas por que você tinha de se casar com ele, sua idiota?

– Monroe, ele já saiu. Não me casei com ninguém.

Empurrei-o para uma cadeira:

– Saiu há mais de meia hora – menti.

As bolas de pingue-pongue estavam espalhadas pela grama, lembrando uma constelação. Abri uma torneira e voltei com um lenço molhado, mas não havia marcas em Stahr – deve ter sido um ferimento dentro da cabeça. Foi para trás de umas árvores e deve ter vomitado, porque ouvi-o chutando terra em cima. Depois disso, pareceu ter melhorado, mas não queria entrar na casa enquanto não lavasse a boca. Apanhei, então a garrafa de uísque e trouxe-lhe um jarro d'água. Passara a bebedeira. Saí muito com rapazes da escola e sabia reconhecer quando tudo de ruim chegava ao seu término.

ENTRAMOS; O COZINHEIRO avisou que papai, Sr. Marcus e Fleishacker estavam na varanda e, por isso, ficamos na "sala de couro". Sentamo-nos e nos levantamos de vários lugares, até me aquietar num capachozinho de pele e Stahr num banquinho a meu lado.

– Acertei-o? – perguntou.

– Ah, sim – falei. – E foi bem feio.

– Não acredito. – Depois de um minuto, acrescentou: – Não queria machucá-lo. Só queria botá-lo para fora. Acho que se assustou e me bateu.

Se era essa a interpretação do que acontecera, para mim estava ótima.

– Não gosta dele?

– Não é isso; estava bêbado. – Olhou em volta. – Nunca tinha estado aqui; quem decorou? Alguém do estúdio?

– Uma pessoa de Nova York.

– Bem, tenho que sair daqui – disse, com aquele jeito agradável que lhe era característico. – Quer passar o resto da noite no sítio de Doug Fairbanks? – perguntou-me. – Sei que ficaria contentíssimo se você fosse.

Assim, começaram as duas semanas em que saímos juntos toda noite. Bastou uma delas para que a colunista Louella anunciasse ao mundo que estávamos casados.

O manuscrito acaba aqui. A sinopse do resto da história, logo adiante, é baseada nos rascunhos e notas de Fitzgerald, assim como no que foi revelado por pessoas com quem o autor discutia seu trabalho.

Logo após sua discussão com Brimmer, Stahr viaja para o Leste. Havia a ameaça de um grande corte de salários no estúdio, e Stahr foi conversar com os financiadores – provavelmente para contornar a situação. Há muito, ele e Brady estão discordando e a luta pelo domínio da companhia vai, rapidamente, atingindo um clímax. Não se sabe o resultado dessa viagem, do ponto de vista de negócios; mas, sendo ou não uma viagem comercial, Stahr visita Washington pela primeira vez, na intenção de ver a cidade; presume-se que aqui o autor voltasse ao assunto introduzido no primeiro capítulo, quando o pessoal de Hollywood faz uma visita à casa de Andrew Jackson, e não é possível entrarem, ou mesmo verem o lugar satisfatoriamente: a relação entre a indústria cinematográfica e os ideais e tradições americanos. É verão; Washington está sufocante; Stahr pega uma gripe e vaga pela cidade num torpor de febre e calor. Não consegue conhecer o lugar como pretendia.

Quando se recupera e volta para Hollywood, descobre que Brady tirara vantagem de sua ausência para dar um corte de cinquenta por cento nos salários. Brady fizera uma reunião com os roteiristas e dissera-lhes, num discurso comovente, que ele e os outros diretores diminuiriam seus próprios salários se os escritores consentissem em diminuir os seus. Se acedessem, não haveria necessidade de reduzir os salários de datilógrafos e outros empregados de salários mais baixos. Os escritores aceitam a combinação, mas são traídos por Brady, que, mesmo assim, reduz os salários dos datilógrafos. Isso revolta Stahr, que tem violenta discussão com ele. Stahr, embora hostilize os sindicatos, achando que qualquer menino de recados pode chegar até em cima – como foi seu caso –, é um patrão anacronicamente paternalista, que gosta de sentir que seus empregados estão contentes, que têm amizade por ele. Por outro lado, briga também com Wylie White, quando descobre que este se tornara violentamente hostil em relação a ele, apesar de Stahr não ter sido pessoalmente responsável pela redução salarial. Stahr sempre fora paciente com as bebedeiras e as piadinhas de Wylie e sente-se magoado pelo escritor não ter por ele o mesmo tipo de lealdade pessoal – a única solidariedade que Stahr compreende no campo das relações comerciais. "Para os comunistas, é um reacionário – para Wall Street, um comunista." Mas encontra uma solução lógica para os problemas, que é imediatamente aprovada por Brady: um sindicato para a companhia.

Quanto à sua situação no estúdio, em Washington, já pensara em se demitir; mas, intimamente envolvido na luta, enfermo, infeliz e amargo como é, para ele é difícil render-se a Brady. Nesse ínterim, tem saído com Cecilia. A moça, conversando com seu pai a respeito das atenções que Stahr, aparentemente, lhe dispensa, de forma involuntária leva ao conhecimento de Brady que Stahr ama outra pessoa. Brady descobre tudo a respeito de Kathleen, a quem Stahr voltou a ver, e tenta fazer chantagem com ele. Desgostoso com os Brady, Stahr abandona Cecilia. De sua parte, há anos que Stahr sabe – contado pela enfermeira de sua mulher – que Brady tivera alguma participação na morte de um homem cuja esposa ele (Brady) amara. Os dois ameaçam-se sem qualquer evidência conclusiva de ambas as partes.

Mas Brady tem uma carta na manga. O marido de Kathleen – chamado W. Bronson Smith – é um técnico contratado pelo estúdio e com participação ativa em seu sindicato. É impossível saber, exatamente, como Fitzgerald imaginou a situação sindical em Hollywood para os propósitos de sua história. Na época em que estava escrevendo, os técnicos haviam se organizado na International Alliance of Theatrical Employees (Aliança Internacional de Empregados Teatrais); e é óbvio que pretendia explorar os elementos de extorsão e banditismo revelados nessa organização pelo caso de William Bioff. Brady encontraria-se com o marido de Kathleen e usaria seu ciúme para atingir Stahr. Não se sabe o que Fitzgerald pretendia que esses dois fizessem a Stahr. Robbinson, o montador (vide notas sobre esse personagem), estava, originalmente, destinado a assassiná-lo; mas, ainda segundo as observações do autor, Stahr seria apanhado numa armadilha que daria vantagem ao marido de Kathleen por acusá-lo de roubar-lhe o afeto de sua esposa. No rascunho de Fitzgerald, a seguir, o tema do Capítulo VIII tem o título de "O processo e o pagamento". Isto está claramente explicado nas notas seguintes do material que Fitzgerald pretendia usar, embora seja impossível saber quais as modificações necessárias para atingir a narrativa: "Um dos irmãos é acusado por um empregado de ter seduzido sua esposa, com ação judicial. Tentam tirar o processo da Justiça, mas o querelante é líder sindical e não se vende. Nem quer o divórcio. Prefere medidas mais drásticas. Seu preço é o de que desapareça por um ano. A vontade dele é de ficar e lutar, mas seus irmãos conseguem que um médico pronuncie sua sentença de morte e o aposentam. Ele tenta levar a moça consigo, mas teme as consequências judiciárias (a Lei Mann). Acabarão fugindo juntos."

De qualquer modo, Stahr seria salvo pela intervenção do operador de câmera, Pete Zavras, a quem auxiliara no começo da narrativa, quando Zavras perdera o prestígio junto aos estúdios.

Nesse meio-tempo, a doença de Stahr se agrava. Ele e Kathleen têm "vivido intensamente". Tiveram a "última aventura" durante uma onda de calor no começo de setembro. Seus encontros, no entanto, terminam em frustração. O autor indicara, num esboço inicial, que Kathleen era "de origem humilde" – seu pai era capitão de um barco de pesca em Newfoundland; e, noutra parte, diz que Stahr encontrou dificuldades em aceitá-la como parte permanente de sua vida porque ela é "pobre, infeliz e com uma casca de classe média que não se adapta à grandiosidade que Stahr exige da vida". É possível que o conflito sindical em que seu marido se vê envolvido tencionasse separá-los. Stahr começa a ser pressionado por Brady e pelas Associações, unidos. O conflito entre os controladores da indústria cinematográfica, de um lado, e os vários grupos de empregados, de outro, cresce, não deixando lugar para individualistas como Stahr, cujos êxitos resultam de conquistas pessoais, e cuja carreira sempre esteve envolvida por um certo fascínio. Tornara-se diretamente responsável por todos com quem tinha trabalhado; chegara, mesmo, a querer derrotar pessoalmente seus inimigos. Em Hollywood, ele é "o último magnata".

Stahr não temera, como vimos durante a reunião, no capítulo 3, arriscar quantias fabulosas em filmes impopulares, mas que lhe trariam satisfação artística pessoal. Tivera interesse profissional pelos filmes e era natural que os desejasse melhores. Mas tem estado "por baixo" desde o corte dos financiamentos e parou com as produções conjuntas. Deveria haver uma série de outras cenas, mostrando-o durante uma reunião a respeito de uma história, vendo copiões nos cenários de filmagem, contrastando com as similares dos capítulos 3 e 4 e mostrando a mudança de suas atitudes e de sua posição.

Ele deve, entretanto, resistir a Brady, a quem sabe incapaz de chegar aonde quer que seja. Teme, evidentemente, que Brady o assassine e, por isso, decide adotar métodos semelhantes e assassinar seu sócio. Para isso, parece, recorre a bandidos. Não está muito claro como se dará o assassinato; mas, pretendendo dispor de um álibi, Stahr arranja uma viagem a Nova York. Vê Kathleen, pela última vez, no aeroporto e encontra Cecilia, que parte em outro avião de volta para a faculdade. No avião, arrepende-se do que está fazendo, compreendendo que se degradou ao mesmo nível de brutalidade de Brady. Decide telegrafar quando descer no primeiro aeroporto, desistindo do crime, mas o avião sofre uma pane e cai antes de chegarem à próxima parada. Stahr morre e o crime acontece. O suicídio agourento de Schwartz, no capítulo de abertura da história, equilibra-se com a morte de Stahr. No bilhete que Schwartz lhe enviara, tentava preveni-lo contra Brady, que há muito queria livrar-se de Stahr.

O FUNERAL DE STAHR, que deveria ser descrito em detalhes, é uma orgia de servilismo e de hipocrisia hollywoodianos. Todos choram copiosamente, ou então fingem conter suas emoções elegantemente, sempre de olho nas pessoas certas. Cecilia imagina que se Stahr estivesse presente mandaria a cena para o lixo. O antigo ator de filmes de faroeste, Johnny Swanson, mencionado no início do capítulo 2, e cuja situação de penúria dera a Cecília a ideia de ajudá-lo, quando visitava seu pai no escritório, fora convidado por engano – confundiram seu nome com o de outra pessoa – e a ele foi pedido que ajudasse a carregar o caixão. Johnny aceita, um pouco surpreso, e descobre, atônito, que sua fama estava gloriosamente restaurada. A partir daí, começa a receber inúmeras ofertas de emprego.

No ínterim, uma observação final sobre Fleishacker, o ambicioso advogado da companhia, homem sem a mínima consciência ou criatividade, deveria simbolizá-lo como o futuro imediato do cinema. Deveria haver, ainda, no final, uma passagem entre Cecilia e ele, quando – por ter estudado na Universidade de Nova York e talvez porque desejasse desposar Cecilia – tentaria manter uma conversa em nível "intelectual".

Cecilia, em consequência da ligação com Stahr, tem um caso amoroso com um homem a quem não ama – provavelmente Wylie White, que sempre a cortejara e que representa o oposto de Stahr. Como resultado da morte de Stahr e do assassinato de seu pai, abate-se. Termina tuberculosa e ficaríamos sabendo, ao final, que estava escrevendo sua história num sanatório (vide o primeiro fragmento sob título *Cecilia*).

Teríamos uma imagem final de Kathleen do lado de fora do estúdio. Presume-se que estaria separada do marido, consequência do complô contra Stahr. Uma das coisas que mais atraíra Stahr é que ela não pertencia ao mundo de Hollywood; agora, ela sabe que jamais virá a fazer parte dele. Ficará sempre do lado de fora das coisas – uma situação que também possui sua marca de tragédia.

Notas

Capítulo 1

O autor escreveu acima do último rascunho do primeiro capítulo:
Reescrever conforme inspiração. Tornou-se artificial com revisões contínuas. Não olhar [esboço prévio]. Reescrever conforme inspiração.

*

Página 25. O primeiro esboço de Fitzgerald para o fim do capítulo talvez solucione melhor sua intenção que este rascunho:
Isso se baseará na conversa que tive com............, a primeira vez que ficamos a sós, em 1927, no dia em que dissera uma coisa a respeito de estradas de ferro. Se não me engano, foi isso que ele disse:
Sentamo-nos num restaurante antigo, e ele me disse: "Scottie, vamos imaginar que se precise construir uma estrada através de uma montanha – uma estrada de ferro e duas ou três estações; chegam umas pessoas que lhe dizem coisas em que você acredita, e outras que lhe dizem coisas em que não acredita, mas, no fim, parece haver umas 12 estradas possíveis por essa montanha, cada uma das quais, até onde é capaz de discernir, tão boa quanto as outras. Agora, imagine se você fosse um graúdo: chega a um ponto em que não é mais capaz de julgar, só consegue tomar decisões arbitrárias. Você diz: 'Bem, acho que vou colocá-la ali' e a desenha com o dedo, só você, sabendo que, no fundo, não havia razão alguma para colocar a estrada exatamente ali, e não em um monte de outros lugares. Mas você é o único que sabe que não sabe por que está fazendo isso e tem que se manter firme, fingindo que sabe que a

colocou ali por razões específicas, ainda que esteja cruelmente assaltado por dúvidas quanto à conveniência de sua decisão, pois todas as outras continuam ecoando em seu coração. Mas, quando estiver planejando um grande negócio em larga escala, quem está por baixo de você não deverá jamais saber ou imaginar que você tem alguma dúvida, porque todos eles precisam adorar alguma coisa e jamais deve deixar que lhes passe pela cabeça que está hesitante quanto a qualquer decisão. E isso acontece a toda hora".

Naquele ponto, entraram outras pessoas no restaurante, sentaram-se, e imediatamente percebi que tratava-se de um grupo de quatro e que a intimidade de nossa conversa fora quebrada. Mas estava impressionado pela perspicácia do que dissera – algo que ia bem além da observação inteligente –, pela dimensão de suas ideias e por ter chegado a isso aos 26 anos, idade que tinha então.

Portanto, creio que esse último episódio culmina quando Stahr se levanta e vai sentar-se com o piloto, que reconhece nele alguém que no seu campo deve ser tão seguro, objetivo e corajoso quanto ele. Pouquíssimas palavras são trocadas entre o piloto e Stahr – na verdade, é um episódio que poderemos descobrir através da curiosidade de Cecilia, da aeromoça lhe contando o que observara na cabine, ou de Schwartz ainda fazendo tentativas de conversar com Stahr antes de chegarem a Los Angeles. É bem possível que não nos vejamos a sós com Stahr durante o capítulo inteiro, até o fim; mas, no finalzinho, quero penetrar naquele sentimento forte, sugerido na anotação não desenvolvida sobre a parada do motor e o avião aterrissando dentro das luzes de Los Angeles. Nessa hora, quero dar colorido total à intensa paixão da alma de Stahr, seu amor pela vida, seu amor pela coisa grandiosa que construíra aqui, sua talvez não exatamente satisfação, mas sim certeza de estar descendo em casa, no seu próprio império – o império que construíra.

Quero, aqui, fazer forte contraste com o sentimento daqueles que aderiram a um império que não é seu, feito os quatro reis da estrada de ferro da costa – ou o sentimento que teria. Ele não está interessado no império porque ele lhe pertence. Interessa-se por ele como um artista por seu trabalho e, misturado com seu enorme sentimento de triunfo e felicidade haverá, inevitavelmente, um sentimento de tristeza para com todos os atos de coragem – o sentimento, de certo modo, que se tem por uma coisa acabada e a dúvida pela extensão que o próximo passo alcançará.

Após a aterrissagem, melhor terminar o capítulo com esse clima de exaltação – repetir meu próprio medo quando aterrissei em Los Angeles com a sensação de novos mundos a conquistar, em 1937, transferida para Stahr, ou talvez seja melhor terminar com a cacofonia de um rival.

Capítulo 2

Página 30. Fitzgerald escreveu "razoável" ao lado do parágrafo "– Quando Robinson chegar dará um jeito em tudo – Stahr assegurou a papai". Esta deveria ser a primeira aparição de um personagem que desempenharia importante papel, e o autor pretendia, nessa apresentação casual, deixá-lo bem marcado. Suas anotações sobre Robinson serão encontradas a seguir, entre os primeiros rascunhos para os personagens.

Capítulo 3

Este capítulo não tinha sido modificado e organizado a ponto de satisfazer o autor. Está apresentado aqui tal qual no manuscrito, com umas poucas modificações a fim de dar-lhe sentido.

No original, a passagem da página 54 é a seguinte:
Provavelmente o ataque fora planejado, porque Popolos, o grego, entrou com uma conversa dúbia que lembrava o príncipe Agge de Mike van Dyke, exceto que tentava e conseguia ser claro, ao invés de confuso.

O autor escrevera uma cena que não o satisfizera, na qual o príncipe se encontrava com Mike van Dyke, o velho comediante; mas a conversa confusa de Mike van Dyke deveria entrar em outra parte. Eis as passagens que tratavam do assunto:

– Olá, Mike – disse Monroe. Apresentou-o ao visitante: – Príncipe Agge, esse é o Sr. Van Dyke. Deve ter rido muito de suas piadas. É o melhor comediante do cinema.

– Do mundo – disse o homem de olhos rasos, gravemente.
– O sujeito mais engraçado do mundo. Como vai, príncipe?...

Imediatamente, o príncipe viu-se conversando com Mike van Dyke. Respondeu com polidez, não compreendendo exatamente o sentido de suas palavras. Era alguma coisa a respeito do refeitório onde o Sr. Van Dyke achava ter visto o príncipe tentando pedir o que pareceu um "peixe rebolante e guidão de gato" e tivera a impressão de que o príncipe se enganara.

Tentou explicar que não estivera, ainda, no refeitório, mas o assunto tinha ido tão longe que achou melhor admiti-lo e aceitar a confusão do Sr. Van Dyke sobre as palavras enganadas que lá dissera. O Sr. Van Dyke não era tão insistente quanto convicto e parecia falar tão depressa...

O príncipe foi apresentado ao Sr. Spurgeon e ao casal Tarleton, mas estava tão envolvido na conversa com o Sr. Van Dyke que, espantado, se ouviu dizer: "Prazer em conhecer-me" porque estava explicando a Van Dyke que *não* tinha visto Tecnigarbo em Gretacolor. Novamente, confundira-se. Seu nome era Albert Edward Butch Arthur Agge David, príncipe da Dinamarca? "Esse é meu primo", falou, a cabeça rodando.

A voz de Stahr, clara e segura, trouxe-o de volta à realidade:
– Chega, Mike. Isso é "enrolação" – explicou ao príncipe Agge. – É considerada engraçada pela ralé. Vá devagar, Mike.

Mike demonstrou educação:
– No pagamento, no portão, essa manhã – apontou para Stahr. – Ou foi?

O dinamarquês aturdiu-se novamente:

– O quê? Ele o quê? – Então sorriu. – Já entendi: é a Gertrude Stein de vocês.

Capítulo 4

Fitzgerald deixou a seguinte anotação sobre o episódio com o diretor, no início deste capítulo:

O que falta na cena de Ridingwood é paixão e imaginação etc. O que de extraordinário levou todos a Ridingwood não aparece.

Capítulo 5

Página 106. Depois da frase: E aprendera a tolerância, a bondade, a clemência e até o afeto como lições, *o autor escrevera para si mesmo:* (Agora a ideia sobre jovem e generoso).

Nota acompanhando a seção que termina à página 107:

Talvez isso não esteja bastante conciso e claro aqui. Ou talvez eu queira dizer forte o bastante. Pode ser o lugar para o veredicto do médico. Gostaria de lhe dar uma entonação vibrante.

Dois sumários

A carta que se segue explica um pouco o desenvolvimento da narrativa e mostra como cresceu e foi modificada a partir de sua primeira concepção.

Eis a carta, escrita por Fitzgerald, em 29 de setembro de 1939, explicando a seu editor os planos iniciais para o romance, assim como ao diretor de uma revista onde pretendia apresentá-lo em capítulos:

A narrativa decorre em quatro ou cinco meses, no ano de 1935. É contada por Cecilia, filha de um produtor de nome

Bradogue, em Hollywood. Cecilia é bonita, moderna, nem boa nem má, tremendamente humana. Seu pai também é personagem importante, homem astuto, salafrário da pior espécie, apesar de refinado. Tendo vencido graças a seu próprio esforço, criou Cecilia como uma princesa, mandando-a estudar no Leste, tornando-se esnobe, embora, no decorrer da narrativa, seu personagem se desenvolva *fora disso*. Isto é, tinha 20 anos quando aconteceram os fatos que está narrando; agora, com 25, naturalmente já vê muitos deles sob prisma diferente.

É Cecilia quem narra porque acho que sei exatamente como esse tipo de pessoa reagiria à minha história. Ela é *do* cinema, mas não está *nele*. Provavelmente nasceu no dia da pré-estreia de *O nascimento de uma nação* e Rodolfo Valentino esteve na festa de seu quinto aniversário. Portanto, é, ao mesmo tempo, inteligente, cínica, mas também compreensiva e bondosa com as pessoas, importantes ou não, que vivem em Hollywood.

Ela dirige nossa atenção para os dois personagens principais – Milton Stahr e Thalia, a mulher que ele ama.

No começo do livro, quero transmitir toda minha impressão sobre esse Stahr, como é visto durante um voo de Nova York para o litoral – claro, através dos olhos de Cecilia. Há muito está perdidamente apaixonada por ele. E não obterá, nunca, mais que um olhar carinhoso, ainda assim manchado pela repulsa que Stahr sente pelo pai dela.

Stahr trabalha demais e está fatigadíssimo, ainda que aparente um brilho quase moribundo em sua fosforescência. Sabe que sua saúde está minada, mas, sem temer nada, pouco se incomoda. Da vida, teve tudo, exceto o privilégio de se dar desprendidamente a outro ser humano. Encontra-o na noite de um terremoto quase sério (como em 1935), poucos dias depois do início da narrativa.

Fora um dia cansativo, mesmo para Stahr – a explosão de galerias subterrâneas que cobrem enorme extensão parece ter causado efeito sobre ele. Chamado a uma parte qualquer, a fim de supervisionar a recuperação dos geradores de energia (ele tem participação em qualquer atividade do estúdio), encontra duas mulheres refugiadas no telhado de uma granja da companhia e vai salvá-las.

Thalia Taylor é uma viúva de 26 anos, e minha concepção atual dela é a da mais glamourosa e simpática de minhas heroínas. Glamourosa num sentido novo, pois concordo secretamente com o público, que detesta o tipo de arrogância feminina que deu fama a...., etc. As pessoas não simpatizam muito com os que já sofreram tudo o que tinham para sofrer, e pretendo criá-la à imagem da Rosalba de *A rosa e o anel*, de Thackeray, "meio infeliz". Ela e a outra (a quem está servindo de companhia) entraram clandestinamente, devido à curiosidade da primeira. A catástrofe pegou-as ali, onde foram encontradas.

Agora temos um caso amoroso entre Stahr e Thalia, um caso amoroso imediato, dinâmico, diferente, profundamente físico – que será descrito de forma que possa ser publicado. Ao mesmo tempo, enviar-lhe-ei uma cópia de como aparecerá em livro, com tonalidades mais fortes.

Esse caso é o recheio do livro – embora vá tratá-lo, lembre-se, pelo ponto de vista de Cecilia. Ou seja, tornar Cecilia, na época em que está contando a história, uma mulher inteligente e observadora. Vou garantir a ela o privilégio, como fez Conrad, de deixá-la imaginar as ações dos personagens. Assim pretendo conseguir veracidade para uma narrativa na primeira pessoa, dotando-a de um conhecimento divino de tudo o que acontece a meus personagens.

Dois acontecimentos paralelos ao caso amoroso desenvolvem-se durante os capítulos intermediários. Há um complô planejado por Bradogue, pai de Cecilia, para afastar Stahr da companhia. Chega mesmo a pensar em assassiná-lo. Bradogue é o pior tipo de monopolista – Stahr, apesar de seu inevitável conservadorismo de um homem que subiu sozinho, é patrão paternalista. O sucesso lhe chegou cedo, aos 23 anos, deixando intacto um certo idealismo de juventude. É, antes de tudo, um trabalhador. No sentido figurado, arregaça as mangas e se lança no trabalho, enquanto Bradogue se interessa por cinema na medida em que beneficie sua conta bancária.

O segundo incidente é quando a jovem Cecilia, em seu desesperado amor por Stahr, se oferece a ele. Diante de sua indiferença, ela tem um caso com um homem que não ama. Esse episódio *não é* indispensável para o seriado. Pode ser amenizado, mas talvez seja melhor eliminá-lo totalmente.

Voltando ao tema principal: Stahr não se casa com Thalia. Isso simplesmente não parece fazer parte de sua existência. Não tem consciência de que ela se tornou indispensável à sua vida. Previamente, o nome dele se associara a uma atriz ou figura renomada da sociedade, e Thalia é pobre, infeliz, e com uma casca de classe média que não se adapta à grandiosidade que Stahr exige da vida. Quando percebe isso, ela o abandona temporariamente, não porque ele não queira desposá-la, mas pela mágoa que isso lhe causava, pela lembrança de uma vaidade da qual se considerava liberta.

Stahr vê-se no centro da luta pelo controle da companhia. Sua saúde piora muito durante uma viagem a Nova York, para encontro com financiadores. Quase morre em Nova York e, quando volta, descobre que Bradogue aproveitara sua ausência para tomar decisões que Stahr considerava inimagináveis. Mergulha no trabalho, tentando se fortalecer.

Agora, compreendendo quanto precisa de Thalia, reconciliam-se. Por um dia ou dois, são idilicamente felizes. Vão se casar, mas ele tem que fazer outra viagem ao Leste para ratificar a vitória que obtivera na companhia.

Ocorre o episódio final que deverá dar ao romance sua característica – e originalidade. Lembra-se de quando, em 1933, um avião de passageiros bateu numas montanhas do Sudoeste, morrendo um senador? O que me chocou é que os camponeses pilharam os cadáveres: acontece o mesmo com o avião que leva

Stahr de Hollywood. Serão três crianças que, num piquenique dominical, descobrirão primeiro o acidente. Entre as vítimas do acidente, além de Stahr, há dois outros personagens que teremos conhecido (não foi possível detalhar personagens menores nesse curto sumário). Das três crianças, dois meninos e uma menina, que encontram os cadáveres, uma saqueia Stahr; a outra, um ex-produtor arruinado; a menina, os pertences de uma atriz. Os objetos encontrados pelas crianças determinam, simbolicamente, sua atitude diante do ato de furto. Os da atriz inclinam a menina à posse egoística; os do produtor falido levam um dos meninos a uma atitude irresoluta; o que encontra a carteira de Stahr, entretanto, é quem depois de uma semana salva e redime todos três, indo a um juiz local e fazendo uma confissão completa.

A narrativa volta mais uma vez a Hollywood, para o final. Durante a história, *Thalia nunca esteve dentro de um estúdio.* Após a morte de Stahr, ela se posta à frente daquela coisa grandiosa que ele construíra e compreende que jamais poderá entrar. Sabe, unicamente, que ele a amou, que era um grande homem e que morreu por aquilo em que acreditava...

Nada há que me preocupe nesse romance, nada que me pareça incerto. Ao contrário de *Suave é a noite,* não é uma história de decadência – não é deprimente nem mórbido, apesar do final trágico. Se um livro pudesse ser "parecido" com outro, diria que se "parece" mais com *O grande Gatsby* do que com qualquer outra obra minha. Mas espero que seja inteiramente diferente. Espero que seja algo de novo, cheio de emoções novas, talvez mesmo uma nova maneira de encarar um certo fenômeno. Comecei a esboçá-lo há cinco anos, a fim de amadurecê-lo, mas, agora, esta Europa tem a baioneta em nossas costas e – espero – isso acabará trazendo consequências benéficas. É uma fuga a um passado generoso e romântico que talvez jamais se repita.

ESTE DIAGRAMA É O ÚLTIMO SUMÁRIO FEITO PELO AUTOR

	EPISÓDIOS			
A	1. O avião 2. Nashville. 3. Viagem continuada. Diferente.	28 de junho 6.000	O capítulo (A) introduz Cecilia, Stahr, White e Schwartz.	1º Ato junho 6.000 (O Avião) STAHR
B	4. Johnny Swanson – Marcus saindo – Brady 5. O terremoto. 6. Fundos do estúdio.	28 de julho 3.000	O Capítulo (B) introduz Brady, Kathleen, Robinson e secretárias. Atmosfera noturna – manter.	2º Ato (O Circo)
C	7. O operador de câmera. Saúde e trabalho de Stahr. Observações dela. 8. Primeira reunião. 9. Segunda reunião e consequências. 10. Refeitório e idealismo: filmes não lucrativos. Movimentação, telefonema etc.	29 de julho 5.000	Capítulos (C e D) iguais para a lista de convidados e para a festa de Gatsby. Colocar tudo aqui, selecionado. Devem ter um plano de ação, levando ao 13.	21.000 STAHR E KATHLEEN Julho – princípio de agosto.
D	11. Assistindo copiões. 12. Segundo encontro aquela noite. A outra moça – os olhares.	2.500		
E	13. Cecilia, Stahr, o baile. 14. Sedução em Malibu. Tenta entrar na casa. Fracasso. 15. Cecilia e o pai.		Capítulo (E), três episódios. Atmosfera no 15 a mais importante. Chegada à casa tarde demais.	

				3º Ato (O Submundo)	Agosto – princípio de setembro
F	17. A briga com Brimmer. 18. O cinto – mercado – (O Teatro com Benchley). 19. Encontram-se os quatro. A reparação. Palomar. 20. Wylie White no escritório.	10 de agosto – 20 de agosto	Capítulo (F) Pertence às mulheres. Aparece Smith (pela 1ª vez?)		11.500
					A DISPUTA
G	21. Doente em Washington. Aposentar-se? 22. Brady e Stahr – chantagem mútua. Discussão com Wylie. 23. Consola-se com Cecilia, que conta ao pai. Para fazer filmes. Reunião para discussão de uma história – copiões e cenários. Deprimido pelo corte de verbas. 24. Última aventura com Kathleen. Antigas estrelas na onda de calor, em Encino.	28 de agosto – 14 de setembro 6.500	Capítulo (G) A debilidade de Stahr. A sensação de calor durante o tempo todo, culminando no 25.	4º Ato	(Os assassinos)	7.000
H	25. Brady conquista Smith. Fleishacker e Cecilia. 26. Stahr ouve o plano. Operador de câmera ok. Para com tudo – muito doente. 27. Solução do problema. Kathleen no aeroporto. Cecilia volta para a faculdade.	15 a 30 de setembro 7.000	Capítulo (H) O processo e o pagamento.			
					A DERROTA
I	28. O avião cai. Visão do futuro em Fleishacker. 29. Do lado de fora do estúdio. 30. Johnny Swanson no enterro.	30 de setembro - outubro 4.500	Capítulo (I) A morte de Stahr.	5º Ato (Fim)	EPÍLOGO	Outubro 4.500 51.000

Cecilia

O primeiro dos fragmentos que se seguem foi escrito com a finalidade de servir de introdução à história; mas Fitzgerald resolveu suprimi-lo por achar que tornaria o início muito deprimente. O retrato de Cecilia na clínica para tuberculosos, de qualquer modo, apareceria no fim do livro.

Nós dois estávamos fascinados pela jovem. Há meses fizéramos uma viagem curta aos desfiladeiros de Colorado, como num ato final; agora, aqui no hospital, o rosto febril da moça iluminado pelo entardecer parecia fazer parte da manhã primitiva daquela "beleza natural".

– Vamos, conte-nos – dissemos. – Não conhecemos estas coisas.

Começou a tossir, mudando de ideia – como acontece.

– Não me incomodo de contar a vocês. Mas por que nossos amigos, os asmáticos, serão obrigados a ouvir?

– Já vão sair – garantimos-lhe.

Esperamos, as cabeças reclinadas nas poltronas, enquanto a enfermeira – que deve ter ouvido – tocava o grupinho agitado para dentro do sanatório. Deu um olhar reprovador para Cecilia, como se fosse voltar e bater nela – mas pareceu mudar de ideia e apressou-se para acompanhar seu rebanho.

– Foram embora. Agora, conte.

Cecilia mirou o céu brilhante do Arizona. Olhava-o – o ar azul que, para nós, de manhã, significava esperança – não com tristeza, mas com a confusa autoconfiança daqueles a quem a tristeza vence em plena adolescência. Agora tem 25 anos.

– Contarei tudo o que quiserem saber – prometeu. – Não devo nenhuma lealdade a *eles*. Ah, aparecem para me ver, de vez em quando, mas pouco me importa; estou acabada.

– Estamos – disse-lhe, brandamente.

Sentou-se, os desenhos astecas de seu vestido sobressaindo sob o cobertor de motivos indígenas. Era um vestido estreito – tornado comum pelo sol do campo – que me lembrou as espáduas brilhantes de uma outra moça, em outra época e outro lugar; mas, aqui, somos obrigados a ficar na sombra.

– Não deve falar isso – garantiu-me. – Eu estou acabada, mas vocês são dois sujeitos bons que, simplesmente, têm um bacilo.

– Não doure nosso futuro – protestamos, com ironia senil. – Aos 40 não se pode garantir mais nada.

– Não foi isso que quis dizer. É que vocês se *restabelecerão*.

– Pode ser que não, melhor nos contar a história. Até hoje se fala dele. Quem era o Cristo da indústria? Conheço gente que trabalhou no litoral e tem horror da coragem dele. Você era louca por ele? Vamos, fale. Pense em coisas grandiosas, pense no jantar daqui a meia hora.

Seu olhar suspeitou e, depois, rejeitou nossa existência – não nosso direito de viver, mas o de qualquer sentimento importante de perda, paixão, esperança ou de alegria profunda. Começou a falar e pigarreou.

– Nunca olhou para mim – disse, indignada – e não vou falar dele enquanto vocês estiverem nesse estado de espírito.

Tirou o cobertor e levantou-se, o cabelo partido ao meio caindo de suas têmporas lívidas em ondas castanhas. Tinha seios grandes e era esbelta, ainda, exatamente a jovem de sua época. A superioridade estava implícita em seu andar, caminhando em direção à porta aberta que dava para o corredor – nossa única estrada para o mundo encantado. Aparentemente, Cecilia hoje em dia não crê em nada, mas, ao que tudo indica, já conheceu outro caminho, por onde passou há muito tempo.

Tínhamos certeza de que, mais dia menos dia, ela nos contaria – como aconteceu. O que se segue é nossa versão imperfeita de sua história.

*

Ainda é Cecilia quem conta a história. Deveria explicar por que desperdiço tanto as férias dentro do estúdio. Bem, primeiro porque era importante demais para ser impedida de entrar e sabia como ficar lá dentro sem perturbar ninguém. Segundo, porque tive uma briga com Wylie White a respeito de quem era dono da opinião correta sobre meu corpo, e havia um homem X, a quem não pretendia desposar, que fazia o papel de sujeito que *quase* conquista a mocinha em três filmes ao mesmo tempo e que era obrigado a estar sempre por ali. E terceiro – e mais importante –, porque não tinha o que fazer (Quarto com a descrição dos rapazes de Hollywood).

Cecilia e Kathleen

Ela usava um vestidinho de verão da loja Saks, de 18,98 dólares, mais ou menos, e um chapéu rosa e azul com uma das abas caída. Suas unhas estavam pintadas de rosa pálido, quase natural, e, quanto ao cabelo, não se podia ter muita certeza. Era educada e bastante desinibida. X passou algum tempo tentando descobrir quem eu era, mas não conseguia saber porque Kathleen Moore nunca ouvira falar de meu pai.

– Estou procurando emprego – disse ela.

– Que tipo de emprego?

– Vejo pelos jornais. O que é um marajá?

X explicou – parecia interessante.

– Foi muito atencioso – disse Kathleen. – Mas acho que não serve – aquela toalha nojenta enrolada na cabeça.

*

Papai costumava ter muitas discussões com judeus a respeito da calhordice de judeus e irlandeses. Os judeus reclamavam que ele sempre supervalorizava seus pontos de vista. Papai achava que estava com a razão. Por exemplo, o (seu) truque de chorar.

Stahr

O dia de Stahr começava muitas vezes no estúdio. Desde a morte de sua esposa, era frequente dormir lá. Seu apartamento tinha quarto de vestir e banheiro, além de um sofá-cama. Nas distâncias enormes de Los Angeles – três horas dentro de um automóvel era fato corriqueiro –, isso lhe fazia ganhar tempo.

*

Jamais quis seu nome em filmes: "Não quero meu nome nas telas porque crédito é coisa para se dar a outros. Se estamos numa posição que nos permite dar crédito a nós mesmos, então é porque não estamos precisando."

*

Também quero contar de seu fracasso em aproximar-se de gente muito abaixo dele. De qualquer forma, isso pode ter sido causado pela certeza a respeito de sua saúde, porque sentiu aos 20 anos ser capaz de supervisionar tudo e, assim, passou a ser temido, em vez de ajudado, por quem estava por cima. Suas relações com diretores, sua importância, reside em ter reduzido a um mínimo as interferências no trabalho deles e, enquanto fazia inimigos – e isso é importante – antes de sua chegada a Hollywood, os diretores tinham poder absoluto, desde que Griffith realizara *O nascimento de uma nação*. Por isso, agora alguns diretores ressentem o fato de que ele os reduziu a um elemento do esquema. Seu interesse geral é importante; seu caráter democrático exterior, sua popularidade com todas as classes do estúdio.

Entretanto, essa não é a ideia completa de Stahr. Devo voltar à sua infância e lembrar o comentário de sua mãe: "Sempre soubemos que não haveria problemas com Stahr..." Lembrar, também, que sempre foi combativo, embora seja um homem de pouca estatura – não deve ter mais de 1,65 metro, pesando pouco (razões para que goste de ver as pessoas sentadas) – e que, em Veneza, quando alguém cortejou sua esposa, ele brigou... Deve ter sido briguento desde criança, provavelmente tinha sua turma. Lembrar, ainda, como era popular com os pioneiros do cinema, de maneira natural, como esses que gostam de sentar-se com as pernas para cima, fumando feito "um deles". Era, essencialmente, homem mais admirado por homens do que por mulheres.

Conversando, nunca se tornava pedante ou superior, coisa que antipatiza um homem junto a outros. De vez em quando, sai rodeado por um bando de diretores – muitos dos quais beberrões, embora ele não o fosse. E eles o aceitam com benevolência, isto é, apesar da austeridade crescente que o trabalho redobrado criara, Stahr nunca teve nada de pretensioso ou de frescura, e acho que isso era verdadeiro, e não um verniz. Portanto, era napoleônico e realmente gostava de brigar – o que me fez supor que fosse assim desde criança. Se, depois de se tornar todo-poderoso, algumas vezes usa de subterfúgios para conseguir o que almeja, isso é mais resultado da posição que ocupa do que de qualquer tendência sua. Acho que, por natureza, era bastante sincero, franco, desafiante. Procure-se analisar o que foi – provavelmente – sua infância, do que se expôs acima.

Este capítulo não deve ser, exclusivamente, uma análise de personagens. Cada afirmação que fiz a seu respeito deve conter, no fim de cada centena de palavras, uma anedota ou história para dar-lhe vida. Não quero dar-lhe o aspecto de análise. Quero que contenha tanto drama quanto o velho Laemmle ao telefone.

*

Stahr sabia-se possuidor de conhecimentos técnicos crescentes, mas, por ser chefe há muito e porque tanta coisa progrediu nesse meio-tempo, atribuíam-lhe conhecimento maior do que realmente possuía. Aceitava-o tranquilamente e chega a blefar, embora com cautela. No estúdio de gravação, que tem, para os ouvidos, valor idêntico ao da sala de montagem para a vista, trabalhava de forma empírica e, com frequência, perdia-se no coro de termos e expressões novas. O mesmo se dava com cenários. Observava os novos processos de fazê-los se movimentarem filmando as cenas com fundo de imagens projetadas, com a aprovação secreta de uma criança. Facilmente teria compreendido – preferia não fazê-lo e preservar uma aceitação sensível para quando visse exibidos os copiões. Havia gente esperta – Reinmund era um – que gostava de fazer frases inteligentes, dando a impressão que entendia tudo de cinema. Stahr, não. Quando interferia, era sempre por um ponto de vista pessoal, e não adquirido. Sua função, portanto, era diferente da de Griffith no passado, que era indispensável para cada quadro de um filme.

*

É bem pouco provável que qualquer um desses chefões lesse sequer um livro no decorrer de um ano. E Stahr, que não tinha tempo para ler e que dependia de sinopses, começou a duvidar de que algum de seus supervisores lesse alguma coisa além do que lhes era ordenado, e duvidava que os encarregados de escalar os atores (anotação para um personagem, aqui) fizessem seu trabalho direito. Um espetáculo ficou ano e meio em cartaz em São Francisco – e o que tinha de especial nele só foi descoberto quando chegou a Los Angeles, onde os seios jovens da atriz principal atraíram multidões e ela se tornou um sucesso em uma semana. Assim, tinha que receber um salário altíssimo, o que poderia ter sido evitado se tivessem se mantido um pouco mais alertas e contratado-a antes de ficar famosa.

*

Para que se perdoe Stahr pelo que fez aquela tarde, deve-se lembrar que ele veio da antiga Hollywood, quando venciam os mais duros ou os mais velhos. Construíra, embelezara e controlara a nova Hollywood, mas de vez em quando gostava de se separar dela, para sentir que era real.

*

Mas agora, ali, de pé, a orquestra começando a tocar e os casais levantando-se para dançar, eclodiu uma frase em sua cabeça que o surpreendeu: "Nasci sob medida."

Mesmo as palavras não pareciam suas. "Sob medida" era teatral, não a teria lido em algum lugar recentemente? Não costuma sair tanto a ponto de se entediar à toa ou para pensar que isso possa vir a acontecer. Sabia iludir os chatos e aprendera a aceitar deferências e admiração como algo para ser usado com humildade e benevolência; e, quase sempre, acabava se divertindo.

Alguns homens vieram a seu encontro e ele lhes falou mantendo as mãos no bolso. Um deles era um agente que o detestava e que sempre falava dele, segundo lhe foi contado, como o "Jesus de segunda classe", "Oscar ambulante" ou "Napoleão ressuscitado".

*

Meio influenciado pela censura, Monroe revolta-se contra a falta de ingenuidade.

*

Mostrar Stahr escondendo-se após a derrota, ou evitando as pessoas sem magoá-las.

*

Como muitos homens, não gosta de flores, exceto umas poucas – parecem-lhe muito soberbas e cheias de si. Mas gosta de folhas e galhos tonsurados, castanha-da-índia e até frutos de carvalho, maduros ou verdes – mornos, sempre.

*

Stahr torna-se infeliz e amargo perto do fim.

*

Antes da morte, pensamentos desequilibrados.
Pareço morto? (no espelho, às seis da tarde).

*

Os que possuem poderes extraordinários para trabalho ou análises, ou ingredientes que farão grande sucesso pessoal, parecem esquecer-se, logo que enriquecem, que tais habilidades não estão distribuídas nem mesmo entre homens de sua espécie. Portanto, quando a sugestão de um sindicato surge como consequência de um ato de Bradogue [Braddy], Stahr parece repudiá-la, quase se aliando a Bradogue. Notar, também, no epílogo, que pretendo mostrar que deixou certos males em seu rastro, assim como coisas boas. Que algumas de suas criações reacionárias, como os Dramaturgos Cinematográficos, existiram durante muito tempo ainda, após sua morte, assim como lhe sobreviveram muitas de suas criações válidas. De qualquer modo, lembre-se de que isso terá pequena importância no capítulo e deverá ser escrito satiricamente, inteligentemente e, talvez, colocado nas frases de alguém que seja visto deixando Hollywood nesse capítulo [o último voo de Stahr]. Mesmo assim, não deve interferir no espírito desse capítulo pequeno, que deverá, próxima ou remotamente, pertencer a Thalia [Kathleen], fixando-a na mente do leitor.

Kathleen

Ela compreende que os rastros da vida não levam a lugar nenhum e que vão como os aviões: antigamente ninguém calcularia que viessem a existir; que o mundo continua, não dentro dela, e que esses rastros continuarão existindo. Que a jornada foi terrivelmente solitária.

*

Ela pensou em ventiladores num restaurantezinho com lagostas na vitrine, e em sinais brilhantes piscando e revolvendo o obscuro céu urbano, quente e negro. E, impregnando tudo, um terrível, estranho e permanente mistério de telhados e apartamentos vazios, de vestidos brancos nos pátios dos parques, dedos em lugar de estrelas, rostos em vez de luas e gente andando com gente que mal sabe os próprios nomes.

*

Uma beleza diferente e radiante ainda a afligia no espelho.

Kathleen e o marido?

Encontrou-a na cabana, parada, pensando. Temia-a quando pensava, sabendo que, no que tinha de mais distante dele, acontecia um raciocínio incansável, uma síntese do que sempre foi um sentimento calmo de injustiça e insatisfação para com a vida. Sabia o [?] que ocupava seus pensamentos, mas sempre se surpreendia que a consequência final fossem protestos puramente abstratos, nos quais só conseguia ver um elemento passivo e irrecuperável como ela. Isso o amedrontava ainda mais do que ouvi-la dizer: "É culpa sua", como fazia frequentemente – dirigindo e interpretando a situação sem que pudesse interferir. Neste aspecto, seu cérebro era mais feminino que o dela – sentia-se leve e sem responsabilidades – um pouco feito o personagem de Dickens que acusou a esposa de rezar contra ele.

Stahr e Kathleen

Dúvida: eu queria uma sedução – bem californiana, ainda que original – bem no estilo de Hollywood. Se ele não tem fantasias, tem, pelo menos, enorme sentimento de compaixão e de amizade, de vibração, de estímulo, de fascínio.

De onde virá o calor nisso? Por que ele acha que ela tem calor, mais ainda que a voz em *Adeus às armas*? Todas as minhas garotas possuem calor e promessas. Que posso fazer para tornar isso honesto e diferente?

O mar à noite. Como. Saint-Pol (usado em *Suave é a noite*). Por que os romances franceses são, *au fond*, frios e tristes? – Por que Wells tinha calor?

*

Sentimento geral. Abalados pelo jato súbito de luz, voltam, ele ainda acreditando que ela poderia ir embora. Ela não pensa nem em aceitar a ideia. Foi essa noite. O dia fora sombrio e chuvoso (mudar o tempo anterior para o entardecer). Deixaram o hotel há pouco mais de três horas, mas parece que foi há muito tempo. Apresentá-los ali muito rapidamente. Efeito casual do lugar, como um cenário. O sentimento: o de serem duas pessoas – livres. Ela o fascina e encerra uma promessa de devolver-lhe a vida – embora ele ainda não pense em casamento. Ela é o âmago da esperança e da juventude. *Ele a seduz porque sente que está fugindo dele* – ela se deixa seduzir pela admiração estonteante (o telefonema). Tudo é sensual, sufocante e imediato e, depois, gentil e terno durante certo tempo.

*

Ela era quase perfeita. Teria sido bom, de qualquer maneira, mas, pela primeira vez, era mais do que ele queria ou esperava. Não como os jovens, mas, consciente, profunda e espantosamente bondosa, como fora Minna certas vezes que tinham saído por muitos dias. Estava a uma distância de 1.500 quilômetros, para uma visita a si próprio, e não deixou que ela percebesse.

*

A moça tinha uma vida, e era raríssimo que encontrasse alguém cuja vida não dependesse ou esperasse vir a depender dele.

Robinson

Todas essas passagens sobre Robinson relatam os planos primitivos para a narrativa. O autor abandonara a ideia de fazer com que Kathleen e Robinson viessem a ter um caso amoroso, mas, ao que tudo indica, reservou para ele o papel de agente escolhido por Brady para afastar Stahr do caminho. Kathleen, aqui, é denominada Thalia.

Gostaria que esse episódio desse uma ideia do que é o trabalho de um montador, de um operador de câmera ou de um diretor de unidade na feitura de qualquer coisa no gênero de *Carnaval de inverno*, acentuando a velocidade em que Robinson trabalha, suas reações, porque é o que é, em vez de ser o sujeito altamente bem pago que suas habilidades técnicas permitiriam ser. Também poderia usar algo da atmosfera de Dartmouth, com neve etc., tomando cuidado para não exagerar em nenhum material que Walter Wagner possa estar usando em *Carnaval de inverno*, ou que eu possa ter sugerido que usasse.

Poderia começar o capítulo através dos olhos de Cecilia, que é uma das convidadas do carnaval, passar rapidamente para Robinson, fazendo-os, talvez, encontrarem-se na mesa do telégrafo, onde o vê escrevendo uma mensagem para Thalia. Mas nesta época, e através do material que escolhi – fotografando cenários para o filme de neve –, deverei desenvolver não só o personagem de Robinson como ele é, mas, ainda, deixando uma fenda que mostre as possibilidades de vir a se corromper mais tarde. Numa transição ou montagem bem curta, mostrarei toda a festa. Cecilia, talvez ao lado de amigos, lisonjeia o produtor que esteve encarregado (produtor provisório) e Robinson.

Robinson deverá ser o escolhido para afastar Stahr. É preciso desenvolver o personagem de forma a torná-lo possível – isto é, Robinson, agora, tem três aspectos. Sua possibilidade maior é a de se tornar um personagem como o do sargento.......... Suas relações com o mundo são convencionais, estereotipadas e banais, é esse novo elemento que torna possível ser tão corrompido pelas circunstâncias, a ponto de se deixar utilizar por Bradogue com tal finalidade. Para que isso se dê, é necessário que, desde o começo, haja alguma deformação de caráter em Robinson, apesar de sua coragem, suas possibilidades, sua habilidade técnica e das virtudes do sargento.......... que pretendemos lhe dar. Alguma deformação secreta – talvez sexual. Isso é possível, mas, se eu assim procedesse, então não teria havido qualquer ligação com Thalia, que com certeza não aceitaria um amante ruim. Talvez sua deformação não fosse sexual – não fosse afeminação. De qualquer forma, atualmente não tenho nenhuma ideia especial, e isso precisa ser inventado. De qualquer maneira, o fato de ter amado Thalia faria dele um instrumento natural para ser utilizado por Bradogue contra Stahr, por conta da inveja que Bradogue naturalmente sente dele.

*

[Thalia] tem mantido um caso amoroso intermitente, do qual sente um pouco de vergonha, com um personagem que denominei Robinson, o montador, que (e isso é muito importante) em sua vida profissional é extraordinariamente interessante e sutil, à lembrança do sargento........ no exército ou daquele montador da United Artists que tanto admirei ou qualquer outro tipo de quebra-galhos ou técnico cinematográfico – e quero fazer disso contraste bem grande com seu profundo convencionalismo e sua aceitação de banalidade em face daquilo que é conhecido por folclore urbano. Qualquer mulher pode facilmente dominá-lo. É capaz de consertar fios telegráficos estragadíssimos, durante uma intensa tempestade de neve, do alto de um poste, tendo por ferramentas um alicate primitivo, feito dos pregos de suas botas; mas, diante de uma situação que a pessoa mais ignorante e inútil solucionaria com urbanidade, ele se sente inútil e desajeitado – tanto que chega a dar a impressão de ser um Babbit ou um idiota, uma pessoa tola e inepta.

Esse contraste, em certa parte da narrativa, é reconhecido por Stahr, que deve, sempre que possível, ser mostrado como pessoa capaz de captar a realidade sob a superfície.

A atitude dela com esse rapaz, mesmo quando estão nas delícias do ato de amor, é a de comando; e a profunda gratidão que ele sente por ela está misturada com amor, embora durante o transcorrer da narrativa sinta que ela é, de forma inevitável, a pessoa superior. Stahr mostra a ela, em alguns pontos, que isto não faz sentido, e pretendo mostrar aqui algo diferente dos pontos de vista do homem ou da mulher: particularmente, aquelas mulheres que tendem a agarrar uma oportunidade vantajosa ou que têm um caráter menos generoso que os homens, ou quero dizer um ponto de vista mais estreito?

*

Stahr acenou com a cabeça e continuou caminhando à frente de sua equipe. Robinson, que estava quase emparelhado com ele, um pouco atrás, era um técnico importante – consideravam-no o melhor montador de Hollywood. Nunca tive contato com essa classe, mas sei que era excelente montador, ao ponto de já ter sido várias vezes convidado para dirigir filmes. Tentara uma vez, na época do cinema mudo, mas fora um fracasso. Nunca, nunca um homem como Jack Robinson se arriscaria, se é que sei o que estou dizendo. Deixara seu trabalho no alto dos postes telefônicos de Michigan para tentar no exército, como sargento, estabelecer ligações tangíveis entre a artilharia de sua divisão. Quando descobriu que um quebra-galhos sem cultura valia mais do que uma dúzia de novatos inexperientes denominados "oficiais especializados", perdeu a confiança em seus superiores e nunca mais quis ser nada, exceto elemento de ligação entre o que era ordenado em cima e o que poderia ser feito embaixo.

Era caloroso, coisa que agradava a Stahr. Normalmente, estava com o espírito preparado para Stahr, sentindo a verdade ou falsidade do que lhe contava – mas, na prática, sua precaução desmanchava-se. "Ah, que besteira. – O que sabem esses.........? Está bem. Continue. Onde colocamos esses fios? *Claro*, é uma ótima ideia."

A queda do avião

Fitzgerald esboçara em alguns detalhes o episódio das crianças encontrando o avião que caiu, o que foi mencionado na carta a seu editor. Em certo ponto, abandonara essa ideia, acreditando que o funeral de Stahr daria um epílogo melhor, mas uma anotação escrita evidentemente mais tarde mostra que ainda não se decidira.

É necessário que inicie esse capítulo em transição sutil, porque não descreverei a queda do avião; darei, apenas, uma última imagem de Stahr quando o avião levanta voo, e descreverei, brevemente, no aeroporto, os que embarcarão junto com ele. O avião, portanto, parte para Nova York e, quando o leitor chegar ao capítulo 10, é preciso que não o deixe confuso pela súbita mudança de cena e situação. Nesse ponto, posso fazer a melhor mudança, abrindo um parágrafo em que explique ao leitor que a história de Cecilia termina aqui, e que o que passa a ser contado é uma situação descoberta pelo próprio escritor, remendada com o que soubera numa cidadezinha de Oklahoma por um juiz municipal. Que os incidentes ocorridos um mês após a queda do avião lançaram Stahr e todos os outros ocupantes em trevas brancas. Contar como a neve escondeu o avião sinistrado e que, em vez de ter sido procurado, ele foi considerado perdido, e então resumir a narrativa – que os primeiros indícios apareceram após um degelo prematuro no início de março do ano seguinte. (Tenho que rever todos os capítulos e deixar fortemente marcado o elemento tempo, de forma que a segunda viagem de Stahr a

Nova York, a que o mata, se dê quando das primeiras nevascas nas Montanhas Rochosas. Quero que esse avião fique como aquele que permaneceu desaparecido por dois meses antes de ser encontrado, bem como os sobreviventes.) Procurar saber, cuidadosamente, se possível por um técnico, se um avião pode, ainda, ficar tanto tempo desaparecido até ser encontrado pelas crianças. O problema é que o leitor não deve ficar confuso ao chegar ao capítulo 10, mas, pelo contrário, o efeito dramático será maior se não souber, desde o início do capítulo, que o avião caiu. Estou quase certo de que essa é a melhor maneira de conduzi-lo e preciso encontrar um meio de fazê-lo com tal objetivo. Tem que haver um parágrafo no começo desse capítulo que dê ao leitor a certeza de estar lendo a continuação da história, mas poderá ser evasivo e não dar senão a ideia de que está ali para explicar que Cecilia não está contando essa parte, sem revelar que o avião bateu numa montanha e desapareceu por vários meses.

Quando der ao leitor alguma sensação de mudança e o tiver preparado para outra cena e situação, quebrar a narrativa com um espaço e começar a seguinte história. Que um grupo de crianças iniciou um longo passeio. Que a primavera chega cedo nesse estado montanhoso. Mostrar o grupo, do qual fazem parte três crianças que chamaremos, respectivamente, Jim, Frances e Dan. A temperatura é aquela temperatura tão particular do Oregon, no fim do inverno. O clima deverá ser muito frio, onde o inverno acaba de repente, quase com violência – a neve parece dissolver-se contra a vontade, em movimentos convulsos, feito uma avalanche. As três crianças separam-se do professor ou de seu chefe-escoteiro ou de quem esteja encarregado da excursão, e a menina, Frances, encontra uma parte do motor e do trem de aterrissagem de um avião destroçado. Não tem ideia do que seja. Está perplexa e seu maior interesse no momento é o flerte que está mantendo com os dois meninos ao mesmo tempo. É, não obstante, uma menina inteligente, de 13 ou 14 anos, e, enquanto não identifica aquilo como parte de um avião, sabe que é um pedaço de máquina encontrado na montanha. De início, crê serem os restos de um aparelho de mineração. Chama os dois meninos, que esquecem suas intrigas juvenis ao encontrarem outros fragmentos do avião destroçado. Sua primeira reação é a de chamar os outros, pois Jim, o mais esperto (ambos devem ter 15 anos), vê que se trata de um desastre de avião – embora não ligue os destroços ao aparelho que desaparecera em novembro último – quando Frances apanha uma bolsa e uma mala aberta, que pertenciam à atriz. Contém coisas que, para ela, simbolizam o luxo. Há, dentro, uma caixa de joias. Tudo intacto: a mala fora projetada sobre os galhos de árvore. Há frascos de perfume que nunca viu na cidade onde mora e, talvez, um *negligé* ou qualquer outra coisa que representasse a última palavra em elegância cinematográfica. Fica atonitamente fascinada.

Ao mesmo tempo, Jim encontra a carteira de Stahr – uma carteira é o que sempre desejara e a de Stahr é um excelente trabalho em couro – e outros pertences seus; coisas notadamente de um homem rico. Não tenho, no momento, nenhuma ideia especial, mas acho que um homem rico e bem aparelhado deve levar bastante coisa numa viagem. Aí, Dan faz a sugestão: "Por que devemos contar o que vimos? Poderemos voltar aqui outro dia e pode ser que haja muito mais coisas para a gente apanhar, dinheiro e tudo – essas pessoas estão mortas, não precisarão delas –, depois, poderemos falar do avião ou deixar que outros o encontrem. Ninguém saberá que estivemos aqui."

Dan tem, de certa forma, alguma semelhança com Bradogue. Isto deverá ser sentido sem que pareça uma parábola ou lição de moral. A impressão deve ser deixada, mas cuidado para não sublinhá-la demais. Se o leitor não notar, deixe para lá – não repita. Mostrar Frances como maleável e amoral na situação; mostrar, porém, dúvida definitiva da parte de Jim, desde o começo, para quem isso não é correto, mesmo tratando-se de mortos. Fechar o episódio com as crianças voltando ao grupo.

Semanas mais tarde, as crianças já fizeram várias outras viagens, levando tudo o que havia de valor. Dan orgulha-se, em especial, de seu achado, que inclui objetos não respeitáveis de Ronciman. Frances está preocupada e definitivamente amedrontada, tendendo para o lado de Jim, agora apavorado por completo com o que fizeram. Sabe que grupos de salvamento já estiveram na montanha vizinha, que o avião tinha uma rota preestabelecida e que, com a eclosão total da primavera, o segredo seria revelado e, a cada subida que fazem, o perigo se torna cada vez maior. Contudo, deixe este sentimento para Frances, porque Jim, agora, já leu o que havia na carteira de Stahr e, tarde da noite, tirando-a do barracão onde a escondera, adquire admiração pelo homem. Naturalmente, pela época desse episódio, as três crianças já sabem de que avião se trata, quem estava dentro e quais os objetos de cada um.

Um dia, encontraram também os cadáveres, embora não queira apresentar essa cena de maneira macabra, com seis ou sete vítimas ainda meio conservadas pela neve. De qualquer maneira, alguma coisa que Jim lê numa das cartas de Stahr leva-o a procurar o juiz......... e a contar a ele tudo o que tem acontecido, embora o faça contra a vontade de Dan, que é maior do que ele e poderia dar-lhe uns socos. Deixamos as crianças por lá, com a ideia de que estão em boas mãos, que não serão castigadas, que devolveram tudo e que poderiam alegar, no tribunal, que pensavam que "achado não é roubado". Não haverá qualquer espécie de castigo para nenhuma das crianças. Dar a impressão de que Jim está bem – que Frances está meio corrompida e que talvez se vá, daqui a mais ou menos um ano, a procura de aventura e que poderá vir a ser qualquer coisa, de mulher interesseira a prostituta; que Dan se corrompeu inteiramente e que passará o resto da vida à procura de chances para conseguir alguma coisa sem fazer nada.

Devo tomar extremo cuidado para não ressaltar demais essas coisas e acabar dando a impressão de uma história moralista. Devo [mostrar], em traços rápidos, que Jim está bem e finalizar, talvez, com Frances e deixar que os leitores esperem que tudo corra bem para ela e, então, cortar essa esperança numa rápida imagem sua, a de que ela está convicta de que o luxo a espera no vale próximo, dando assim, portanto, um final amargo e cru ao incidente, a fim de evitar quaisquer possibilidades sentimentalistas ou conteúdo moralista. Com certeza, terminar o incidente com Frances.

*

Efeito da ideia sobre as crianças persiste. Avião poderia cair em subúrbio de Los Angeles. Pensa que foram montanhas, mas está ali – uma desolação que ele ajudara a construir.

Hollywood etc.

É impossível contar-lhes qualquer coisa sobre um dia de Stahr, ao risco de torná-lo insosso. As pessoas do Leste fingem estar interessadas em como se faz um filme, mas, se lhes contam alguma coisa, descobrem que só estão interessadas nos trajes da Colbert ou na vida privada de Gable. Nunca veem o ventríloquo que faz o boneco falar. Até mesmo os intelectuais, que deveriam estar mais bem informados, gostam de ouvir falar das vaidades, extravagâncias e vulgaridades – conte-lhes que o cinema tem sua gramática particular, como a política, a produção de automóveis ou a sociedade: seus rostos tornam-se vazios.

Poderia tentar, por exemplo, fazer com que entendessem o uso peculiar que Stahr fazia da palavra "bonito", mais ou menos como Saint-Simon de *la politesse*, e vocês, talvez, classificassem o que disse como mistificação.

*

A narrativa sobre os irmãos Warner e sobre o drama da Metro – reescrever como se fosse Stahr contando.

Stahr e o príncipe Agge

– Venha, vamos almoçar. – Casualmente, acrescentou: – Broaca é o melhor de Hollywood, depois de Lubitsch e Vidor. Mas está ficando velho, e isso o prejudica. Não compreende que hoje em dia o diretor não seja mais o responsável direto pelos filmes. Desde que acabaram com as lapelas.
– Lapelas?
Atravessaram uma porta. Stahr riu:
– O diretor tinha todas as ideias penduradas na lapela. Não havia roteiro. Os escritores eram chamados de cenaristas – quase sempre repórteres, todos cachaceiros. Ficavam atrás do diretor, fazendo sugestões. Caso se adaptassem às ideias que tinham penduradas na lapela, ensaiavam-nas e as filmavam.

A situação era a de que qualquer produtor, diretor ou cenógrafo por ali seria capaz de confirmar ser alguém que sabia ganhar dinheiro. Na desconfiança inicial que a indústria provocava nos financiadores, com a saída dos melhores por causa da necessidade de rapidez, com a ênfase – como num campo de mineração – das qualidades mais baixas; depois, com a complexidade crescente da técnica e da ilusão que criava, poucos dos pioneiros conseguiram permanecer e ficar ricos – apesar de que menos de um terço dos produtores ou um vinte avos dos escritores tenha trabalhado no Leste. Nenhum deles, não importa qual sua importância ou incompetência, poderia ser acusado de não ter participado ativamente nesse sucesso. Isso tornava difícil lidar com eles.

*

Lembrar meu resumo em *Domingo louco* – não dar a impressão de que são pessoas ruins.

*

Atriz – introduzida tão devagar, tão profundamente, de forma tão real, que se acredita nela. É a primeira que se senta perto de você, não uma atriz, mas com todas as qualificações, gritadas dissonantemente ao seu ouvido. Aí, ela se torna uma de verdade; mas não deixe que isso se disperse em descrições detalhadas sobre sua carreira. Mantenha-a próxima, não fique apenas no uso de seu nome. Começar sempre com um maneirismo.

*

A Barba. Barba de Monty Wooley, vendida por 50 dólares, que sustentarão a família. Não trabalha há sete semanas. Estava formidável em *Furacão*. Teve péssima quarta-feira. Piada com a barba – que perdi. Quanto prestígio, *amour propre*. Azar do ego. Trinta mil dólares. Farsa da barba cairá fora.

*

Tillie Losch preocupado com o significado de "exótico".
Era cenógrafo havia tão pouco tempo que, ao entrar o agente, este pensou que desejava algum artigo para o jornal.

[Esta passagem trata do costume dos jornais tradicionais de Hollywood em prejudicar os novatos na cidade, dando-lhes má propaganda ou nenhuma.]

*

Homem [da imprensa de Hollywood] avisando-me para não ler o livro.

*

Personalidade de X, produtor *pobre*
...... dizendo que morreu com os filmes mudos.
Precisamos de uma fórmula nova.

*

O que está inteligentemente apresentado ao lado de qualquer ideia de aceitação geral vale uma fortuna para alguém.

*

Brincadeira sobre "filmar dos dois lados".

*

"Poderíamos afirmar alguma coisa", disse ela – como costumava dizer uma empregada negra: "Deixarei suas meias brilhando", para minimizar o trabalho.

*

Muitos fios no chão – podia falar com quem quer que fosse ao ditafone.

*

Seu cabelo louro-acinzentado parecia à prova d'água, menos na franjinha, que poderia, e até deveria, sacudir um pouco ao vento. Mantinha à sua volta uma auréola de ter tudo pré-fabricado. Sob rugas momentâneas na testa curta, seus olhos etc. Seus dentes faziam tal contraste com a pele morena, os lábios vermelhos que, em combinação com seus olhos azuis, o efeito era momentaneamente espantoso – espantoso como se seus lábios fossem verdes e as pupilas, brancas.

*

Temia o cone preto sustentado pelo braço de metal, guinchando e guinchando na sala ensolarada. Parou um minuto, substituído pelas batidas de seu coração; então, começou outra vez.

*

Criança de Hollywood. O rostinho duro de um vencedor ambulante, encarnado numa criança brincalhona, o tom claro da voz educada.

*

Quase todos poderíamos ser fotografados, do dia em que nascemos ao de nossa morte, e, exibido o filme, só provocar enfado e mal-estar. Seria o mesmo que observar macacos se coçando. O que acha dos filmes domésticos de seus amigos, sobre seu filhinho ou sua viagem? Não são de um tédio esmagador?

*

Um time de futebol num dia quente e ofuscante do mês de julho. Dois times corroem 500 dólares por dia. Atores, extras e o pessoal da câmera. Lá no alto, nas arquibancadas do estádio vazio, Stahr e sua namorada.

*

Havia um homem, por exemplo, que lhe pedira, com toda seriedade, o seguinte favor: Stahr deveria dizer "Olá, Tim" e dar-lhe um tapinha nas costas, em frente ao refeitório, pela manhã. Stahr concordou e deu-lhe o tapinha nas costas. O sujeito subiu às nuvens.

Quase literalmente, porque foi contratado por uma das melhores agências – o que ilustra as palavras de George Gershwin: "É bom trabalhar, se se consegue." Hoje em dia ele fica sentado lá, um retrato de sua esposa e seus filhos na parede, e tem as unhas manicuradas no Beverly Hills Hotel. Sua vida é um longo sonho feliz.

*

Stahr lembrava-se de como tinham usado as três aberrações em 1927. X estava sendo incomodado por uma mulher realmente pavorosa. O dia anterior à entrada do caso para julgamento, ele mandou um anão [e duas outras aberrações] a ela, com recados. Seu advogado começou afirmando que a mulher era louca. Em troca, ela falou dos visitantes – os jurados balançaram a cabeça, piscaram entre si e absolveram-no.

*

O tio de Cecilia era tão idiota quanto o irmão de......

"...o forte individualismo de Tommy Manville, Bárbara Hutton e Woolie Donahue". Nunca perdoara Wylie por esquecê-lo durante o discurso, quando elogiava Landon.

*

Há um lugar para palpites, dentro de um grande agente para completar o filme.

*

Um rapaz alto, de ombros arredondados, nariz bicudo e doces olhos castanhos num rosto sensível.

*

O ribombar imenso de sua ausência.

Viagem de avião

Meu sonho azul de estar numa cesta, feito uma pipa contra o vento, segura por uma corda.

*

É engraçado espreguiçar-se olhando o céu azul, esticar-se uma vez mais, estendendo as coxas azuladas da aventura.

*

Moça parecendo um disco com um dos lados em branco.

*

Não há segundo ato nas vidas dos americanos.

*

A tragédia na vida desses homens é que nada conseguirá dobrá-los.
Personagem insignificante de Hemingway.

*

Plagiador manhoso
Domínio exigente e absoluto
Ninguém sobrevivia à castração

*

Não acorde os fantasmas Tarkington

*

Ação é personagem.

ATENDIMENTO AO LEITOR E VENDAS DIRETAS

Você pode adquirir os títulos da BestBolso através do Marketing Direto do Grupo Editorial Record.

- Telefone: (21) 2585-2002
  (de segunda a sexta-feira, das 8h30 às 18h)
- E-mail: mdireto@record.com.br
- Fax: (21) 2585-2010

Entre em contato conosco caso tenha alguma dúvida, precise de informações ou queira se cadastrar para receber nossos informativos de lançamentos e promoções.

Nossos sites:
www.edicoesbestbolso.com.br
www.record.com.br

Este livro foi composto na tipologia Minion Pro Regular, em corpo 10,5/13, e impresso em papel off-set 56g/m² no Sistema Cameron da Divisão Gráfica da Distribuidora Record.